KB122797

우리 학교에
마녀가 있다

우리 학교에 마녀가 있다
(청소년 성장소설 십대들의 힐링캠프, 용서)

[십대들의 힐링캠프®] 시리즈 NO.03

지은이 | 박기복
발행인 | 김경아

2016년 4월 5일 1판 1쇄 발행
2016년 8월 15일 1판 2쇄 발행
2020년 7월 17일 1판 3쇄 발행(총 5,000부 발행)

이 책을 만든 사람들
책임 기획 | 김경아
북 디자인 | 김효정
교정 | 좋은글
경영 지원 | 홍종남
표지 일러스트 | 발라

이 책을 함께 만든 사람들
종이 | 제이피씨 정동수 · 정충엽
제작 및 인쇄 | 천일문화사 유재상

펴낸곳 | 행복한나무
출판등록 | 2007년 3월 7일. 제 2007-5호
주소 | 경기도 남양주시 도농로 34, 부영e그린타운 301동 301호(다산동)
전화 | 02) 322-3856   팩스 | 02) 322-3857
홈페이지 | www.ihappytree.com
도서 문의(출판사 e-mail) | e21chope@daum.net
내용 문의(지은이 e-mail) | yesreading@gmail.com
※ 이 책을 읽다가 궁금한 점이 있을 때는 지은이 e-mail을 이용해 주세요.

ⓒ 박기복, 2016
ISBN 978-89-93460-73-5
"행복한나무" 도서번호 : 084

우리 학교에 마녀가 있다

청소년 성장소설 십대들의 힐링캠프, 용서

| 박기복 지음 |

"이 소설은 '우리말 바로쓰기'에 맞춰서 썼습니다. 조금 불편할 수 있지만 영어와 일본어 직어에 밀린 예쁜 우리말을 만나 보세요."

이 소설은
한 소녀가 겪었던 일을
밑바탕 삼아
꾸며 쓴 이야기입니다.
꽁꽁 감춰두었던 이야기를
제게 들려준 소녀에게
고마움을 전합니다.

차례

1
붉은 보름달이 뜨는 밤

소녀는 마녀다. 그냥 아이들이 놀리며 지어 부르는 이름이 아니라 진짜 마녀다. 소녀가 마녀라고 해서 빗자루를 타고 하늘을 날거나, 마법 지팡이로 주문을 거는 마녀는 아니다. 한밤중에 못된 웃음을 흘리며 나쁜 짓을 저지르거나, 마술이 깃든 약을 휘저으며 살아있는 목숨을 노리는 무시무시한 마녀는 더욱 아니다. 마녀라고 하면 사람들이 떠올리는 겉모습과는 거리가 멀지만 소녀는 틀림없이 마녀다. 소녀는 사람들이 아는 마녀가 아니기에 무섭고, 아무도 소녀가 마녀인 줄 모르기에 더욱 무섭다. 무엇보다 소녀조차 제가 마녀임을 모르고 마녀가 지닌 힘을 쓰기에 참말로 무서운 마녀다.

소녀는 마녀가 될 바탕을 타고 났다. 어른들은 잘 몰랐지만 소녀는 어릴 때부터 남달랐다. 새가 지저귀는 말을 알아듣고, 강아지가 아프면 같이 아픔을 느끼고, 작은 벌레와도 말을 나누었다. 소녀처럼 남다른 애들이 흔하진 않지만 제법 많다. 어른들은 그런 애들이 남다른 재주를 지녔다고 생각하지 않고, 어린이니까 그저 깨끗하고 귀엽다고만 여긴다. 아이들은 제가 알아듣는 말이 진짜인지 가짜인지 알아차리지 못하기에 어른들에게 바르게 알려주지도 못한다. 그러다 나이가 들면서 제 재주를 잃고 그저 그런 사람으로 바뀐다.

소녀는 다른 아이들과 다르게 타고난 재주를 잃지 않았다. 소녀가 어떻게 해서 남다른 재주를 잃지 않았는지는 잘 모른다. 아주 어릴 때 소녀와 같은 애들이 많아서 모두 눈여겨보지 못했기 때문이다. 5살만 넘어도 소녀와 같은 애들은 거의 다 사라지고, 아주 적은 수만 남는다. 그때가 돼서야 내 눈에 소녀가 들어왔다. 내가 처음 소녀가 지닌 남다름을 알아차린 일은 유치원에서 일어났다.

소녀는 어릴 때 집에서만 보내다가 5살이 되어서야 유치원에 다녔다. 소녀가 다니는 유치원은 산 아래에 자리했는데 꽤나 넓은 마당이 있었다. 너른 마당에서 아이들은 아름다운 꽃밭과 소담스런 텃밭을 가꿨다. 마당 귀퉁이에서는 울타리와 지붕을 씌워 토끼와 닭을 키웠다. 소녀는 틈만 나면 토끼장과 닭장 앞에 쪼그리고 앉아 오랫동안 머물렀다. 다른 애들은 먹이를 주거나 장난을 치려고 토끼장과 닭장 앞을 찾았지만 소녀는 달랐다. 소녀는 토끼장과 닭장 앞에 앉아 다른 사람들이 알아듣지 못하는 말을 중얼거렸다. 중얼중얼 소리를 내던 소녀는 자주 깔깔거렸고, 종종 고개를 끄덕였으며, 가끔 울먹였다. 유치원 선생님과 엄마는 소녀가 닭과 토끼와 말을 나눈다는 생각은 미처 못하고, 닭과 토끼를 좋아해서 홀로 역할놀이에 빠졌다고 생각했다.

어느 날 어떤 애가 장난으로 토끼장과 닭장 문을 열었다. 토끼와 닭이 어린이집 마당으로 쏟아져 나왔다. 태어나서 처음 넓은 곳으로 나온 토끼와 닭은 너른 마당 곳곳을 헤집고 다녔다. 선생님들과 애들이 토끼와 닭을 잡겠다고 뛰어다녔지만 한 마리도 잡지 못했다. 닭과 토끼, 선생님들과 아이들이 뒤엉켜 뛰어다니는 바람에 아이들이 고사리 손으로 가꿔오던 예쁜 꽃밭과 푸성귀가 가득한 소담스런 텃밭은 엉망이 되었다. 일이 터졌을 때 소녀는 화장실에 있었다.

시끄러운 소리에 이끌려 소녀는 마당으로 나왔다. 눈앞에 펼쳐진 모습에 소녀는 잠깐 입을 다물지 못했다. 닭들은 사람 손에 잡히지 않으려고 꼬꼬댁거리며 뛰다가 가끔 날갯짓을 하며 날아올랐다. 토끼들은 사람들 다리 사이를 빠른 발로 빠져나가거나 맛난 풀을 오물거리며 먹었다. 선생님들과 애들은 소리를 지르며 뛰어

다녔는데 꽃밭과 텃밭을 망치기만 할 뿐, 한 마리도 우리 안에 넣지 못했다. 소녀는 이맛살을 찌푸리더니 마당으로 나갔다. 그러더니 가장 덩치가 큰 닭에게 다가가 부드럽게 말했다.

"장난 그만하고 애들 데리고 집에 들어가 줘."

덩치 큰 닭이 소녀를 바라봤다.

"텃밭이랑 꽃밭이 엉망이야. 나 몹시 슬퍼."

세상에! 닭은 소녀 말을 알아들은 듯 고개를 한 번 끄덕이더니 제 발로 닭장 안으로 들어갔다. 큰 닭이 들어가자 다른 닭들도 모두 따라서 닭장으로 들어갔다. 닭과 토끼를 부지런히 쫓아다니던 선생님들과 애들은 몹시 놀랐다.

닭장 문을 닫은 소녀는 곧이어 토끼들에게도 말을 꺼냈다.

"자, 잘 놀았지? 빨리 들어가자. 토끼장으로 들어가면 엄마가 맛있는 당근 줄게."

소녀 말이 떨어지기 무섭게 토끼들이 토끼장으로 줄지어 들어갔다. 선생님들과 애들은 놀라움을 넘어 넋을 잃었다. 토끼들이 다 들어가자 토끼장 문을 닫고는, 어린이집 안으로 들어간 소녀는 제 가방에서 당근 몇 개를 꺼내왔다. 소녀가 가방에 당근을 챙겨 다니는 줄은 선생님들도 처음 알았다.

"내 말 들어줬으니 선물이야."

소녀는 토끼 한 마리마다 당근 하나씩을 주었다. 토끼들은 나란히 서서 당근을 받아먹었다. 토끼들은 마치 잘 길들여진 강아지 같았다.

그 일이 있고 나서 다들 소녀를 보는 눈이 달라졌다. 선생님들은 소녀를 어려워했고, 애들은 소녀에게 가까이 다가가기를 꺼려했다. 그러거나 말거나 소녀는 토끼장과 닭장 앞에 죽치고 앉아서 남들은 알아듣지도 못하는 말로 수다를 떨었다.

소녀는 아침에 유치원에 갈 때는 차를 타지만 집에 올 때는 걸었다. 엄마는 걷기 싫다고 했지만 소녀가 억지를 부려서 엄마도 하는 수 없이 소녀가 바라는 대로 해주었다. 그냥 걸으면 15분쯤 걸리는 거리지만 소녀와 함께 가면 한 시간은 넉넉히 걸렸다. 몇 걸음 걷다가 꽃향기를 맡고, 몇 걸음 걷다가 개미를 뚫어져라 보고, 몇 걸음 걷다가 길고양이를 어루만지고, 몇 걸음 걷다가 나무를 쓰다듬고, 몇 걸음 걷다가 돌멩이를 들고 자세히 살폈다. 가는 내내 틈만 나면 보고 만지기를 거듭해서 엄마가 재촉해야 겨우 걸음을 옮겼다.

소녀는 책에도 푹 빠져 살았다. 도서관은 집, 유치원과 더불어 소녀가 가장 많은 시간을 보내는 곳이었다. 책을 읽을 때도 소녀는 남달랐다. 책에 푹 빠져서 책 안으로 들어간 듯이 읽었다. 책을 정말 좋아하는 애들이라면 그쯤은 읽지 않느냐고 따질지 모르겠다. 만약 소녀가 그만큼만 책을 읽었다면 맞는 말이겠지만 소녀는 그쯤에서 멈추지 않았다. 처음에는 소녀가 책으로 들어갔지만, 나중에는 책이 소녀 삶으로 들어왔다.

소녀가 『이상한 나라의 엘리스』에 푹 빠져 지낼 때였다. 책을 읽으며 강아지 '코코'를 데리고 걸어가다가 손에 쥔 끈을 놓쳤다. 코코는 신나게 뛰었고 소녀는 책을 덮고 코코를 쫓았다. 소녀가 몇 번이나 불렀지만 멈추지 않고 잔디밭을 뛰던 코코가 갑자기 땅으로 푹 꺼지면서 사라졌다. 깜짝 놀란 소녀는 코코가 사라진 곳으로 서둘러 뛰었는데, 코코가 사라진 곳 앞에 다다르자 소녀 발밑이 움푹 꺼지더니 기우뚱 하면서 몸이 아래로 빨려드는 느낌이 들었다. 눈이 빙글빙글 돌고 머리가 어질어질 흔들렸다. 온 누리가 뒤엉키며 뒤죽박죽 섞였다. 둘레가 뿌옇게 흐려지다가 점점 뚜렷해졌다. 구덩이에 빠져 엎어진 소녀 앞에 큼직한 강아지 발이 보였다. 조금 뒤 강아지 발이 작은 인형만큼 줄어들었다. 그러기를 몇 번 하더니 눈에 익은 크기로 돌아왔다. 그때서야 소녀는 코코가 고개를 갸웃거리며 싱글싱글 웃는 얼굴을 보았다. 소녀는 끙끙거리며 일어나서는 얼른 코코 목에 걸린 긴 줄을 잡았다.

"짓궂기는……, 깜짝 놀랐잖아. 그래도 엘리스처럼 커졌다 줄어들었다 해보니 재미있었어."

소녀가 이 이야기를 엄마에게 했지만, 엄마는 소녀가 책에 지나치게 빠진 탓이라고 여기고 별다른 말을 하지 않았다. 야단을 치지 않았다는 점에서 소녀 엄마는 다른 엄마들보다 나았지만, 소녀가 한 말을 진짜라고 믿지 않았다는 점에서는 다른 엄마들과 다를바 없었다. 물론 나는 소녀가 겪은 일이 결코 가짜가 아님을 안다.

『이상한 나라의 엘리스』에서 처음 책이 밖으로 튀어나왔고 그뒤로 종종 책이 소녀를 찾아왔다. 『오즈의 마법사』에 빠졌을 때는 버려진 인형이 허수아비처럼 말을 걸었고, 『모모』에 빠졌을 때는 빠르게 걸으면 느려지고 느리게 걸으면 빨라지기도 했다. 『우산타고 날아온 메리포핀스』와 더불어 웃음가스를 마시며 실컷 웃었고, 『피터팬』을 만나 하늘로 떠올랐으며, 『빨간머리 앤』과 함께 유령의 숲을 거닐며 무서워하기도 했다. 소녀와 책은 하나였고, 소녀에게 책은 종이에 갇힌 낱말이 아니라 진짜로 벌어지는 일이었다. 그러다가 소녀 삶을 통째로 바꾼 책이 찾아왔다.

초등학교 4학년 때, 소녀는 『아토, 신이 된 소녀』란 책에 푹 빠져 지냈다. 일곱 권짜리인데 신나는 이야기가 가득했다. 소녀는 몇 번이나 책을 읽고 또 읽었다. 소녀는 아토가 되고 싶었고, 아토처럼 신나는 일들이 찾아오기를 바랐다. 어떻게 하면 아토처럼 될까 깊이 생각하고 생각하던 소녀는, 소설에 나오는 아토가 힘을 얻으려고 달에게 빌던 모습을 떠올렸다. 붉은 보름달이 뜨는 날 밤, 소녀는 아토가 한 일을 똑같이 따라 하기로 마음먹었다.

아토처럼 하려면 먼저 동그랗고 입구가 넓은 큰 도자기가 있어야 했다. 소녀는 엄마를 며칠 동안 졸라 큰 도자기를 마련했다. 다음은 샛별을 보며 태어난 물을 떠와야 했다. 소녀는 새벽에 약수터에 가는 아빠를 따라 갔다. 샛별이 새벽하늘에 밝게 빛날 때 바위틈에서 솟아나는 맑은 물을 깨끗한 통에 받았다. 소녀 아빠는 소녀가 뜬 물을 들어주려고 했으나 소녀는 아빠 손이 물통에 닿지도 못하게 했다. 다른 사람 손이 닿으면 달에게서 힘을 얻지 못하기 때문이었다. 소녀는 꽤 높고 험한 산길을 힘겹게 걸어 내려왔다. 땀을 뻘뻘 흘리며 물을 지고 내려오면서도 전혀 아빠 도움을 받지 않았다.

샛별을 보고 태어난 물을 떠온 날 밤에 붉은 보름달이 떴다. 보름달이 붉은빛으로 물들었다. 소녀는 제 방 창문을 활짝 열어 붉은 보름달빛으로 방을 한가득 채웠다. 샛별을 보고 태어난 물을 큰 도자기에 가득 담아 창문가에 놓았다. 방안을 채웠던 붉은빛은 도자기에 담긴 물속으로 느릿느릿 빨려들었다.

깨끗이 씻고 정갈하게 옷을 입은 소녀는 달빛이 가득한 도자기 앞에 무릎을 꿇고 앉았다.

"저에게 마법을 부릴 힘을 주세요."

"달님께 제 참마음을 바칩니다."

소녀는 무릎을 꿇고 밤을 지새우며 빌고 또 빌었다. 어느덧 새벽이 왔다. 잠깐도 졸지 않고 빌던 소녀는 무릎 옆에 놓인 하얀 형겊을 집어 들었다. 왼손에 든 하얀 형겊을 풀어헤치자 날카로운 칼이 나왔다. 소녀는 오른손으로 칼을 잡고 깊이 숨을 들이 쉰 다음 왼손 넷째 손가락 끝을 그었다. 손끝에 얕은 생채기가 생겼고 조금 뒤 피가 흘러 나왔다.

이제 이름을 쓸 차례였다. 『아토, 신이 된 소녀』 책에서는 그때 떠오르는 이름을 쓰라고 했는데, 그때까지 소녀는 어떤 이름을 쓸지 알지 못했다. 손에서 떨어지는 핏물이 도자기에 담긴 물 위로 한 방울 떨어졌다. 핏방울이 물 위 작은 물결을 만들 때, 소녀 머리에 그때까지 한 번도 들어본 적 없는 이름이 떠올랐다. 낯선 이름이었다. 왜 그 이름이 떠올랐는지, 그 이름이 가리키는 사람이 누군지 전혀 몰랐지만, 소녀는 그 이름을 물 위에 썼다.

소~ 율~

물 위에 피로 쓴 이름이 흩어지지 않고 잠깐 동안 소율이라는 이름을 머금었다. 조금 뒤 물 한 가운데서 작은 씨앗 같은 빛이 태어났다. 그 빛은 샛별을 닮았다. 샛별이 점점 밝아지면서 핏물은 샛별로 빨려들었다. 핏물이 모두 사라지자 샛별은 동녘 하늘에서 빛날 때보다 더 환하게 빛을 내뿜었다. 그 빛이 폭죽처럼 터지면서 방안을 가득 채운 뒤 방은 짙은 어둠에 잠겼다. 누리를 밝히던 달빛도 창문 밖으로 밀려났다. 방은 빛 한 줌 없이 어둠에 갇혔다. 검은 빛은 소녀를 가운데 두고 소용돌이쳤다. 소용돌이가 점점 세차게 휘몰아치자 소녀와 방을 짙게 두르던 어둠은 점점 옅어졌고, 창밖에 머물던 달빛이 창문을 넘어 들어왔다. 소녀 입가에 얕은 웃음이 걸렸고 손끝에 난 생채기는 어느새 아물었다.

소녀는 뒷정리를 하고 깊은 잠에 빠져들었다가 늦은 저녁이 되어서야 깨어났다. 엄마는 하루 내내 잠자는 소녀를 보면서도 깨우지 않고 내버려 두었다. 소녀가 밤새 책을 읽고 낮에는 내내 잠만 잔 적이 종종 있었기 때문이다. 그때 소녀 엄마가 억지로 깨웠다면 소녀가 지닐 마법은 크게 줄어들게 된다. 깊은 어둠이 찾아왔을 때 소녀 몸으로 찾아든 마법은, 낮에 잠을 자는 동안 몸 곳곳으로 스며든다. 이때 잠에서 깨어나면 마법은 소녀 몸으로 제대로 스며들지 못하게 된다. 눈으로 스며드는 빛이 몸에 깃든 마법을 몰아내기 때문이다. 그런데 엄마가 손도 대지 않고 그대로 자게 내버려 두면서, 소녀는 모든 마법을 다 빨아들여서 제 힘으로 만들었다. 더구나 깨어났을 때는 어둑한 저녁에 보름이 갓 지난 달빛이 소녀를 찾아들었기에, 마법은 단 한 줌도 사라지지 않고 소녀 몸 안에 깃들었다.

저녁을 먹을 때쯤 일어난 소녀는 엄마가 차려준 저녁을 맛있게 먹었다. 엄마는 무슨 일인지 묻지 않았고 소녀도 이러쿵저러쿵 말하지 않았다. 소녀에게 책이 찾아오는 일은 늘 있었으므로 이 일도 별다르게 여기지 않았다. 그저 『아토, 신이 된 소녀』란 책이 정말 좋았고, 아토처럼 하고 싶어서 그대로 따라했을 뿐이다. 아토와 같은 힘을 지니고 싶어서 아토와 똑같이 했지만, 소녀는 제가 아토와 같은 힘을 지니리라고 믿지는 않았다. 그러나 그렇지 않았다. 아토가 지닌 힘과는 달랐지만 소녀는 아무에게도 없는 힘을 지니게 되었다. 소녀는 몰랐지만 그날 소녀는 '마녀'가 되었다. 마녀 가운데서도 가장 센 마녀가 될 수 있는 숨은 힘을 지닌 마녀가 되었다.

2
미움이 없으면 마법도 없다

소녀는 학교에 다녔지만 선생님들 말씀에 별 마음을 두지 않았다. 초등학교에 막 들어가서는 눈을 빛내며 배우고자 했지만, 곧 시들해졌다. 먼저 교과서가 시시했다. 소녀가 읽는 책들은 무지개보다 많은 빛깔이었지만, 교과서는 한 가지 색이었다. 책에서는 온갖 벗들을 사귈 수 있었지만, 교과서에서는 아무와도 따뜻한 느낌을 나눌 수 없었다. 책에서는 밤하늘 별들보다 많은 생각을 꽃 피울 씨앗이 넘쳤지만, 교과서에서는 꽃을 품은 씨앗 하나도 찾을 수 없었다.

다음으로 선생님들이 시시했다. 소녀가 책에서 만난 선생님들은 넓고 푸른 가슴을 지녔지만, 학교 선생님들은 나쁜 왕처럼 이

것저것 시키기만 했다. 책에서 만난 선생님들은 꿈과 이야기를 사랑했지만, 학교 선생님들은 눈앞에 펼쳐지는 삶만 사랑했다. 책에서는 누구나 선생님이었기에 누구에게라도 배움을 얻었지만, 학교에서는 몇몇 사람만 선생님 노릇을 했다.

마지막으로 같은 교실을 쓰는 또래들이 시시했다. 또래들은 소녀가 틈만 나면 이야기를 나누는 동물들보다 재미없는 이야기만 했다. 벌레와 새들과 길고양이가 들려주는 이야기는 짜릿하고, 묘하고, 낯설고, 무섭고, 신났다. 또래들이 들려주는 이야기는 뻔하고 지루했다. 또래들은 소녀가 들려주는 이야기를 귀담아 듣지 않았다. 유치원 다닐 때는 소녀가 이야기를 들려주면 모두 귀를 곤두세우고 들었는데, 초등학생 또래들은 아무도 소녀 이야기에 귀를 기울이지 않았다. 귀 기울여 듣지 않을 뿐만 아니라 소녀가 하는 말이 모두 거짓이라고 여겼다. 소녀가 책을 정말 많이 읽고, 생각하는 힘이 뛰어나서 남다른 이야기를 지어낸다고 생각했다. 그래서 소녀는 점점 또래들과 나누는 말이 줄어들었다.

소녀는 교실에 머물 때면 늘 책을 읽었고, 교실을 나가면 남들은 알아듣지 못하는 말로 동물들과 이야기를 나눴다. 또래들은 그런 소녀와 어울리기 힘들었고, 소녀도 어울리고 싶지 않았다. 그렇다고 소녀를 일부러 따돌리거나 괴롭히는 애들은 없었다. 그저 서로 알맞은 거리를 두고 아는 사이로 지낼 뿐이었다.

소녀가 마녀가 된 지 얼마 지나지 않아서 아빠가 일터를 큰 도시로 옮김에 따라 소녀도 큰 도시 학교로 옮겼다. 시골 초등학교 또래들은 소녀를 건들지 않았고, 소녀도 또래들에게 마음을 두지 않았다. 도시 초등학교 애들은 달랐다. 수업도 듣지 않고 다른 애들처럼 놀지도 않고 틈만 나면 책을 읽는 소녀를 탐탁지 않게 여기는 애들이 많았다. 소녀는 늘 그렇듯이 마음에 두지 않았지만 일은 좋게 풀리지 않았다.

반에서 조금 노는 애들이 소녀를 건드렸다.

"뭐야? 책 읽어? 잘난 척 하나 봐."

"쟤는 수업은 안 듣고 딴 짓만 해."

"시골서 온 애가 별 수 있겠어? 뒤떨어지니까 일부러 공부 안 하는 척 하나 봐."

듣지 않으려고 했지만 애들이 수군거리는 소리가 자꾸 들렸다. 그래도 모른 척했다. 애들은 조금 더 대놓고 소녀를 건드렸다. 소녀가 읽는 책을 툭 건드리고 지나가고, 소녀가 걸어가는데 일부러 세게 와서 부딪치고, 칠판에 못된 말을 써놓기도 했다. 만약 소녀가 마음을 기댈 언덕이 있었다면, 소녀는 그딴 짓에 마음 쓰지 않고 지냈겠지만 기댈 곳이 없었기에 소녀는 외로움을 느꼈다.

시골에서 소녀는 같이 어울리는 또래가 없어도 함께 놀 친구가 많았다. 풀벌레들 노래는 소녀 귀를 즐겁게 했고, 새들은 하늘에서 본 풍경을 알려주었으며, 길고양이들은 신나는 모험을 들려주었다. 큰 도시에서는 소녀에게 말을 건네는 벌레나 새들이 없었다. 소녀가 말을 걸어도 소녀 말을 알아듣지 못했다. 가끔 쓰레기를 뒤지는 길고양이들이 소녀에게 찾아오지만, 그들은 이야기를 나누기 위해서가 아니라 소녀 손에 든 먹이 때문에 찾아오는 것이었다. 어쩌다 들려주는 이야기는 괴롭고 무섭기만 할 뿐 즐겁지 않았다. 그나마 강아지 코코가 꿋꿋하고 따뜻하게 소녀와 마음을 나누어서 큰 힘이 되었다.

초등학교 4학년이 될 때까지 소녀 마음에는 미움이라고는 티끌만큼도 없었다. 아무도 없는 새벽에 수북하게 눈이 내린 들판처럼 하얗던 소녀 마음은, 도시 학교에서 '미움'이라는 낯선 느낌과 마주쳤다. 몰래 흉을 보고, 까닭 모르게 괴롭히는 애들이 꼴 보기 싫었다. 다시 시골 학교로 돌아가고 싶었지만 그럴 수는 없었다. 소녀는 어떻게든 큰 도시 학교를 다녀야만 했다. 어쩔 수 없이 싫어하는 학교를 다녀야 한다는 고통이 흰 빛처럼 빛나던 소녀 마음에, 미움이라는 검은 씨앗을 뿌렸다.

소녀는 그때까지 단 한 번도 괴롭지 않았고, 짜증이 없었고, 지루하지 않았는데 이제는 괴롭고, 짜증나고, 지루했다. 괴로움과 짜증과 지루함은 미움이라는 씨앗에 흙과 물과 빛이 되었다. 미움은 싹을 틔웠고, 잎과 줄기가 자라났다. 점점 미움이 커져가던 어느 날, 드디어 소녀 삶에서 처음으로 미움이 밖으로 터져 나오는 일이 벌어졌다.

그날도 소녀는 말없이 앉아 책에 빠져들었다. 애들이 손가락질을 하든 말든 책을 볼 때만큼은 책과 하나가 되어 책 속에서 노닐었기에 소녀 마음은 잔잔했다. 책에 빠져들 때만큼은 수군거림도 괴롭힘도 생각나지 않았다. 미움도 자라지 않았고 짜증과 지루함도 없었다. 책은 소녀가 학교에서 누리는 하나뿐인 기쁨이었다. 한참 이야기가 재미나게 펼쳐지는 대목을 읽을 때면, 소녀 몸은 교실에 있었지만 마음은 주인공과 어깨동무하며 신나게 노닐었다.

바로 그때였다. 책과 더불어 하나가 되어 노니는데 갑자기 돌멩이가 유리창을 깨듯, 소녀와 주인공이 함께 하던 어깨동무가 깨졌다. 어떤 짓궂은 남자애가 소녀가 보던 책을 확 잡아채서 달아났기 때문이다.

"어이, 책벌레! 재주가 되면 날 한 번 잡아보시지."

병서라는 남자애였다. 이름만 알 뿐 소녀와 말도 섞어 본 적 없는 애였다. 병서는 소녀를 놀리며 교실 문 쪽으로 달아났다.

"빨리 내 놔!"

소녀는 작지만 세게 말했다.

"나 잡으면 줄게."

병서는 아랑곳 않고 문 쪽에 서서 소녀를 놀렸다.

"이리 줘."

소녀가 일어섰다.

"메롱~!"

애들이 곳곳에서 웃음을 터트렸다.

"좋은 말 할 때 이리 줘."

소녀는 느리게 병서에게 다가갔다. 병서는 문 앞에서 가만히 기다렸다. 소녀가 다가가자 병서는 책을 소녀에게 내밀었다. 소녀가 책을 잡으려고 할 때 혀를 날름 내밀고는 교실 밖으로 뛰어나갔다.

"잡을 수 있으면 잡아 봐. 날 잡으면 돌려준다니까."

애들은 배꼽을 잡고 웃었고 병서는 우스꽝스런 몸짓을 하며 뛰어갔다.

"야!"

처음으로 소녀가 소리를 질렀다. 태어나서 단 한 번도 그런 소리를 지른 적이 없는 소녀였다. 소녀 얼굴이 붉은빛으로 물들었다. 검은 눈동자 밖에 자리한 흰빛이 시나브로 엷어지고 검은 기운이 시나브로 짙어졌다. 떨어져서 소녀를 보던 병서는 소녀 눈빛이 바뀌었는지도 모른 채 소녀를 보며 혀를 날름거리고, 놀려대는 말을 끊임없이 쏟아냈다.

"이~ 이~ 이. 못된~!"

소녀가 주먹을 꽉 쥐었다. 손에 뭐라도 쥐었다면 바스러뜨릴 만큼 세게 힘이 들어갔다. 병서가 그때 멈췄더라면 별다른 일 없이 끝났을지도 모른다. 그러나 병서는 한 번도 큰소리를 내지 않고, 한 번도 성을 내지 않던 소녀가 제 장난에 어쩌할 바를 모르는 모습을 보고는 더욱 신이 나서 장난질을 쳤다.

"메롱~ 잡으라니까, 잡아보라고. 키득키득."

교실 안 애들은 창과 문으로 고개를 내밀고 지켜보면서 웃고 떠들며 즐거워했다.

소녀는 병서를 노려보며 빠른 걸음으로 뒤쫓았다. 병서는 소녀가 다가오자 뒷걸음을 치며 연신 우스갯짓을 했다. 그때 소녀 안에 쌓였던 미움이 밖으로 터져 나왔다.

"넘어져서 뒤통수가 확 깨져버려라!"

그때 소녀는 처음으로 누군가를 마음 깊이 미워했다. 폭우에 빗물이 둑을 넘듯, 마음 가득 쌓였던 미움이 마음 둑을 넘어 밖으로 휘몰아쳤다. 미움이 가득 담긴 말이었다. 소녀는 그저 미워서 내뱉은 말이었다. 병서가 다치기를 정말로 바라지는 않았을지도 모른다. 어쨌든 소녀는 정말 병서가 미웠고 다치라고 저주를 내렸다.

앞서도 얘기했지만 소녀는 아주 센 마녀다. 아직 제대로 쓰지는 못하지만 소녀 안에 깃든 마력은 그 어떤 마녀보다 세다. 병서가 뭣도 모르고 친 장난은 소녀 안에 깃든 마력을 처음으로 움직이게 만들었다. 흰빛처럼 맑은 마음 때문에 제대로 힘을 쓰지 못하던 마력이 병서가 친 장난으로 인해 깨어나고 말았다. 소녀가 내린 저주는 곧바로 새벽녘 쏟아지는 별똥별처럼 병서를 과녁으로 해서 휘몰아쳐 갔다.

"어~ 어~!"

소녀를 보며 뒷걸음질 치던 병서가 무엇에 걸렸는지 갑자기 뒤로 넘어졌다. 아무런 걸림돌이 없었는데도 병서는 무언가에 걸린 듯 뒤로 넘어졌다. 병서는 넘어지지 않으려고 손을 휘저었지만 손에 아무것도 닿지 않았다. 엉덩이라도 뒤로 빼서 아픔을 줄이려고 했지만 웬일인지 엉덩이도 뒤로 빠지지 않았다. 몸은 뻣뻣한 통나무처럼 그대로 뒤로 넘어갔다.

쿵~ 아얏~

괴로움이 가득한 소리와 함께 병서 머리가 복도 바닥에 부딪쳤다. 병서는 쓰러져서 꼼짝을 못했다. 소녀는 느릿하게 다가가 그때까지 병서가 꼭 쥐고 있던 책을 빼앗았다. 병서가 넘어지면서 책이 살짝 구겨졌다. 소녀는 쓰러진 병서를 거들떠보지도 않고 구겨진 책을 폈다. 그때 종이 끝이 스치며 따끔한 느낌이 들었다.

"아얏!"

소녀는 흠칫 놀라 손을 뒤로 뺐다. 손끝이 날카로운 종이에 스친 듯했다. 한지에 먹물이 스미듯 피가 살결 위로 번졌다. 소녀는 베인 손가락 끝을 엄지로 누르며 교실로 돌아오는데, 애들이 쓰러진 병서 쪽으로 몰려갔다. 소녀는 아무렇지 않게 자리에 앉아서 읽다만 책을 마저 읽었다. 애들이 선생님을 불러왔고 병서는 보건실로 옮겨진 뒤 응급처치를 받고 곧바로 병원으로 실려 갔다. 뒤통수에서 피가 엄청나게 많이 흘렀다. 물걸레로 닦아내야 할 만큼 복도에 피가 흥건했다.

애들은 쓰러진 병서를 거들떠보지 않은 소녀를 욕했다. 병서가 쓰러졌는데도 아무렇지 않게 교실로 돌아와 책을 본 소녀가 나쁘다고 손가락질했다. 그러면서도 소녀가 내지른 말에 조금은 무서움을 느꼈다. 그 말 때문에 병서가 넘어져서 다쳤다고 생각하지는 않았지만 뭔지 모를 께름칙함이 있었다. 그 일 때문에 아이들은 소녀를 한동안은 건드리지 않았다.

안타깝게도 초등학교 4학년 아이들은 나쁜 일이나 무서운 일을 오랫동안 마음에 아로새기지는 못한다. 배움을 얻을 만한 일을 겪었으면 제대로 배우고 다시는 잘못을 저지르지 않아야 하는데 애들은 금세 잊는다. 소녀가 내지른 소리 때문에 병서 뒤통수가 깨진 일은 곧 잊혀졌다. 짓궂은 장난도 곧 잊혀졌다. 아이들은 다만 병서가 다친 일만 꿍하니 간직했다.

그러다 병서와 친하게 지내는 명규라는 남자애가 소녀를 괴롭히기로 마음먹고 일을 벌였다. 명규는 체육수업 시간에 갑자기 뒤에서 소녀를 확 밀어버렸다. 세게 밀리는 바람에 어떻게 해 볼 틈도 없이 넘어진 소녀는 두 무릎을 바닥에 찧었다. 눈물이 찔끔 날 만큼 무릎이 아팠다. 재빨리 일어나려고 했지만 무릎에서 밀려오는 아픔이 너무 커서 일어서기도 힘들었다. 소녀가 아픔으로 괴로워했지만 아무도 도와주지 않았다. 빈말이라도 아프냐는 말을 건네는 애도 없었다. 소녀는 가까스로 몸을 일으키고는 뒤에서 밀친 애가 누군지 찾기 위해 두리번거렸다. 밀친 애를 찾기는 어렵지 않았다. 몇 걸음 뒤에서 소녀를 보며 혀를 뱀처럼 날름거리며 도망치는 명규가 보였다.

"이~, 이~."

소녀 손에 또다시 힘이 들어갔다. 깨진 무릎에서 흐르는 핏물이 미움을 걷잡을 수 없게 키웠다. 소녀는 미움을 억누를 수 없었다. 미움을 내뱉지 않으면 가슴이 답답해 숨을 쉬기도 힘들 성 싶었다.

"도망치다 선생님과 부딪쳐서 확 코나 깨져 버려!"

또다시 저주였다. 소녀 눈에서는 검은 기운이 맴돌았고 말에서는 검붉은 미움이 휘돌았다. 소녀 입에서 나온 말씨는 한 움큼 따스함도 없이 아주 매몰찼다. 깊은 동굴을 타고 울리는 메아리처럼 소녀 입에서 나온 저주는 웅웅 울리며 운동장으로 퍼져 나갔다. 저주가 운동장 끝에 다다랐을 때쯤, 도망치던 명규가 바쁘게 지나가던 선생님과 세차게 부딪쳤다.

"아이쿠!"

"앗!"

선생님과 명규 입에서 한꺼번에 아픈 소리가 나왔다. 선생님은 몇 발자국 뒤로 밀려났고, 명규는 선생님과 부딪치자마자 손으로 얼굴을 감싸며 넘어졌다.

"야, 이 녀석! 똑바로 보고 다니지 못해!"

선생님은 명규를 심하게 나무랐다. 명규는 바닥에 넘어져서는 얼굴을 감싼 채 괴로워했다.

"이 녀석이 잘못을 저질렀으면 얼른 일어나서 잘못했다고 빌어야지, 뭐하는 짓이야."

선생님은 더욱 세차게 나무랐는데 명규는 얼굴을 감싼 채 괴로워하며 말 한 마디 못하고 부들부들 떨기만 했다. 뭔가 잘못되었음을 느낀 선생님은 명규를 다독이며 얼굴을 살폈다.

"아니, 이런!"

선생님은 화들짝 놀라며 명규 얼굴을 맨손으로 닦았다. 얼굴이 피범벅이었다. 코 양쪽에서 쉼 없이 피가 쏟아져 나왔다. 그냥 나는 코피가 아니었다. 무언가에 세차게 얻어맞아서 나는 코피였다. 선생님 팔꿈치에도 피가 흥건했다. 뛰어가다가 선생님이 휘두르는 팔꿈치에 코를 세차게 얻어맞은 모양이었다. 선생님은 운동장에 있는 애들에게 보건실 선생님을 모셔 오라고 했고, 한바탕 시끄러운 일이 벌어졌다.

만약 제대로 생각할 줄 아는 애들이었다면 소녀가 내지른 말이 그대로 이루어지는 모습을 보고는 놀라야 마땅했다. 그러나 그때는 시끄럽게 뛰어노는 체육수업이었고, 소녀가 저주를 내뱉으며 쏟아낸 말이 그리 크지 않았기에 몇몇 애들만 들었고, 들은 애들도 별로 마음에 두지 않았다. 그저 또다시 소녀에게 장난쳤다가 재수 없이 다쳤다고만 생각했다. 애들은 소녀가 얼마나 무서운 줄도 모르고 소녀를 괴롭혀주겠다는 고약한 마음씨만 키워나갔다. 세 번째로 소녀를 괴롭히려고 나선 남자애는 우빈이었다.

학교가 끝나고 운동장을 나가려던 소녀는 운동장 귀퉁이에서 무거운 짐을 낑낑거리며 지고 가는 개미 한 마리를 만났다. 소녀는 쪼그리고 앉아 시골에서 하듯이 개미에게 말을 걸었다. 말은 걸었지만 시골에서처럼 개미가 대꾸해 주리라는 생각은 하지 않았다. 그저 지루함을 덜고, 그리움을 채우려고 내뱉은 말이었다. 그런데 개미가 대꾸를 했다. 소녀는 무척 반갑고 놀라웠다.

"내 말을 알아듣네? 이 도시 개미들 가운데 처음이야. 반가워."

소녀는 개미와 신나게 이야기를 나눴다. 안타깝게도 나는 개미가 무슨 이야기를 했는지 모른다. 나에겐 소녀가 하는 말만 들리고 개미가 하는 말은 들리지 않기 때문이다. 오직 소녀만 개미가하는 말을 알아들었다. 개미가 하는 말을 내가 알아들었다면 훨씬 더 재미난 이야기를 여기에 쓸 텐데 아쉽기만 하다. 아무튼 소녀는 모처럼 신나게 개미와 이야기를 나눴다. 답답한 가슴이 뚫리고 묵은 때가 씻겨나간 듯 산뜻했다. 소녀 마음을 잡아먹어 가던 미움이라는 어둠은 파도에 사라지는 모래 위 글씨처럼 시나브로 엷어졌다. 소녀에게 다시 사랑이 찾아왔다. 기쁨이 찾아왔다. 소녀는 드디어 이 큰 도시에서 새로운 벗을 만났다고 생각했고, 미움을 버리기로 마음먹었다. 바로 그때였다.

『걸리버 여행기』에 나오는 거인보다 큰 발이 개미를 짓밟았다. 소녀가 어떻게 손 쓸 새도 없이 개미는 주검이 되었다. 거인은 개미를 짓밟고는 재빨리 사라졌다. 개미가 흘린 검은 피가 모래밭을 가득 물들였다. 소녀 눈에서 검은 눈물이 흘렀다. 모처럼 만난 벗을 빼앗아간 못된 거인을 향한 미움이 들끓었다. 미움은 산더미 같은 파도가 되어 소녀 마음 둑을 세차게 두들겼다. 둑이 곧 무너질 듯했다. 소녀 마음은 잿빛으로 물들었다. 검은 구름이 소녀가 쌓아온 모든 흰빛을 집어삼켰다.

'죽여 버리고 싶어'

처음이었다. 그 어떤 목숨도 제 몸처럼 아끼던 소녀가 처음으로 다른 목숨을 빼앗고 싶은 무시무시한 미움에 휩싸였다.

'짓밟아 버리고 싶어'

개미를 짓밟듯이 모질게 뭉개버리고 싶었다. 몸뚱이를 진흙처럼 짓뭉갠 뒤 검붉은 피로 물들이고 싶었다. 개미가 겪은 아픔이 소녀 온 몸에 퍼져나갔다. 소녀 눈에서 불이 일었다. 검붉은 빛이었다. 개미가 흘린 핏빛이 소녀 눈을 물들였다.

소녀 눈을 마주한 거인, 아니 우빈이는 손 끝 하나 꼼짝할 수 없었다. 어느 곳에서도 느껴 본 적 없는 무서운 힘이 우빈이를 짓눌렀다. 도망치고 싶었지만 발이 떨어지지 않았다.

"개미가 죽듯이 콱 죽……."

'죽어 버려' 하고 말하려 했다. 그러나 무엇 때문인지 모르나 소녀는 멈칫했다. 소녀 안에 치솟는 미움은 '죽어 버려'란 말을 내뱉으라고 시켰지만, 무언지 모를 힘이 소녀가 그 말을 하지 못하게 했다. 뭔지 모를 힘은 결코 '죽음'이란 낱말을 내뱉으면 안 된다고 말렸다. 소녀는 '죽음'이란 낱말이 우빈이를 정말로 죽게 만들지도 모른다고 생각했다. 아니, 이런 때에 생각한다는 말이 알맞지는 않다. 무섭도록 들끓는 미움만 머리를 가득 채우는 바람에 소녀는 제가 무슨 말을 하려는지도 몰랐기 때문이다. 그러니 누군가가 아무리 미워도 죽이고 싶을 만큼 미워해서는 안 된다는 믿음이나 양심 따위가 소녀 입을 막았다고 해야 알맞다.

'죽어버려'란 말을 할 수는 없었지만 그대로 넘어갈 수도 없었다.

"개미를 죽인 다리, 확 부러져 버려."

소녀는 미움이 이끄는 대로 저주를 퍼부었다.

더 쳐다보기도 싫었다. 소녀는 우빈이에게서 눈을 뗐다. 우빈이는 소녀가 고개를 돌리자 얼음이 녹듯이 다리가 풀렸다. 잽싸게 몸을 돌려 도망쳤다. 우빈이가 달릴 때 아주 빠르게 달리던 자전거가 우빈이와 부딪쳤다. 우빈이는 자전거에 부딪쳐 넘어졌고 자전거를 탄 애와 자전거가 한꺼번에 우빈이를 덮쳤다. 자전거를 탄 애는 금방 일어났으나 우빈이는 다리를 붙잡고 고래고래 소리를 질렀다.

"다리가…다리가…."

우빈이 오른쪽 다리, 개미를 짓밟았던 다리가 부러졌다. 우빈이가 내지르는 소리를 듣고 운동장을 걸어가던 애들과 몇몇 선생님들이 뛰어왔다. 소녀는 다친 우빈이 쪽으로는 눈길도 주지 않고 쪼그려 앉아 죽은 개미를 기리며 눈물을 흘렸다. 그때 급하게 뛰어온 어떤 애가 소녀와 부딪쳤다. 소녀 몸이 기울어졌고 넘어지지 않기 위해 손을 땅에 짚었다.

"아얏!"

잘못 짚는 바람에 소녀는 손목을 삐었다. 그렇게 해서 우빈이는 오른쪽 다리에 깁스를 했고, 소녀도 한동안 손목에 붕대를 감고 다녔다.

3
꼬일 대로 꼬여 버려

　소녀를 짓궂게 괴롭힌 남자애 셋이 모두 다쳤다. 그 뒤로 애들은 소녀를 건드리지 않았다. 뭔지 모르지만 소녀를 건드리면 안 좋은 일이 생긴다고 여기고 소녀에게 가까이 가기를 꺼렸다. 그렇다고 소녀가 하는 말 때문에 저주가 걸린다고 믿는 애들은 없었다. 귀신을 믿는 애들이나 판타지를 많이 읽는 애들도 소녀가 저주를 거는 힘이 있다고 생각하지는 않았다. 그냥 뭔지 모를 거북함과 찜찜함 때문에 소녀를 건드리지 않을 뿐이었다.

　다른 애들이 수군거리고 괴롭힐 때도 힘들었지만 아무도 소녀를 건드리지 않게 된 뒤에도 소녀는 힘들었다. 이젠 지루함과 외로움이 소녀를 괴롭혔다. 그나마 재미나게 읽던 책도 학교에서는 읽기 싫었다. 수업 때는 멍하니 칠판만 바라보고, 쉬는 때는 창문 밖에 흐르는 구름만 하염없이 바라봤다. 점심도 먹기 싫어서 거의 굶었다. 점심 때 운동장에 나가 말이 통하는 동물을 찾아보고 싶기는 했지만 또다시 누가 그 동물을 죽일까 봐 그러지 못했다. 지루함과 외로움이 쌓일수록 소녀 안에 자리한 어둠은 커지고 짙어졌다.

초등학교 5학년에 올라가면서 소녀는 마음을 고쳐먹었다. 애들과 어울리기로 했다. 소녀는 또래 여자애들이 어떻게 지내는지 자세히 살폈다. 눈썰미가 뛰어난 소녀는 애들과 빠르게 어울리는 길을 찾아냈다. 소녀는 그때부터 듣기 싫었지만 아이돌 노래를 듣고, 보기 싫었지만 TV 드라마를 봤다. 다른 애들 보란 듯이 아이돌 스티커도 샀다. 엄마를 졸라서 스마트폰을 장만해서 아이돌 사진을 몽땅 내려 받았다. 애들이 좋아하는 게임을 일부러 깔고 애들이 보는 데서 게임도 했다. 물론 정말로 게임을 즐기면서 하지는 않았다. 수업 때 교과서를 들여다보고 선생님 말씀을 공책에 받아적었다. 아예 하지 않던 시험공부도 했다.

소녀를 낯설고 먼 아이로 여기던 또래들은 소녀가 저희와 다르지 않은 애가 되자 소녀를 받아들였다. 소녀가 꾹 참고 애를 쓴 지 몇 주도 안 되서 소녀와 가깝게 지내는 몇몇 애들이 생겼다. 처음에는 일부러 또래처럼 하려고 했지만 점점 소녀는 다른 애들과 엇

비슷해졌다. 소녀는 벌레와 새와 길고양이와 말을 나누는 재주를 점점 잃어갔다. 그들과 나누었던 낱말들이 하나씩 잊혀졌다. 대신 소녀가 쓰는 말은 또래 애들이 쓰는 말과 닮아갔다. 집에 가면 품에 끼고 지내는 코코와 나누는 말도 점점 줄어들었다.

소녀가 가깝게 지내는 애는 셋으로 시현, 예진, 경애였다. 시현이는 됨됨이가 사근사근하고 구김이 없었다. 늘 웃고 떠드는데 같이 있는 사람도 저절로 웃게 만들었다. 시현이는 다른 애들과 다르게 남자 아이돌이 아니라 걸그룹을 좋아했다. 걸그룹 스티커와 사진을 모아서 작고 예쁜 책을 만들어 다른 애들에게 자랑하고 다녔다. 예진이는 착실하고 얌전했다. 예진이는 가장 많은 여학생들이 좋아하는 남자 아이돌그룹을 좋아했다. 예진이는 남과 다른 길을 가기보다는 많은 애들이 좋아하는 쪽으로 따라갔다. 경애는 예진과 달리 널리 알려지고 많은 애들이 좋아하는 아이돌그룹보다는 처음 나오는 아이돌그룹을 좋아했다. 한참 좋아하다가도 많은 사람이 좋아하면 그만두고 별로 알려지지 않은 아이돌그룹으로 갈아탔다. 경애는 튀기를 바랐고, 지루함을 못 견뎠으며, 아무리 좋아도 몇 번 하면 싫증을 냈다. 뭐든 자주 바꾸는 경애였지만 남자친구는 바뀌지 않고 1년이 넘도록 사귀었다. 며칠만 사귀다 헤어지고, 오래 사귀어 봐야 몇 달이면 끝나는 초등학생 연애에서 한 해가 넘도록 사귀는 인욱이와 경애 사이는 누가 봐도 남달랐다.

아무튼 소녀는 우리가 흔히 보는 초등학생 여자애처럼 바뀌어 갔다. 그러다보니 처음엔 좋아하려고 애썼던 아이돌이 정말로 좋아졌다. 소녀는 이런저런 아이돌을 살피다가 나온 지 얼마 안 된 아이돌그룹을 좋아하게 됐다. 스티커도 사고, 노래도 모두 내려 받았다. 어쩌다 방송에 나오기라도 하면 꼭 챙겨 봤고, 인터넷을 뒤져 찾아낸 동영상을 되풀이해서 봤다. 그때까지 맛보지 못했던 재미를 느꼈고, 애들과 아이돌그룹을 이야기꺼리로 삼아 수다를 떠는 맛도 알게 됐다. 그러나 그 재미는 얼마 가지 못했다. 경애 때문이었다.

아침에 아이돌그룹 노래를 들으며 학교에 가는데 누군가 소녀를 툭 쳤다. 소녀는 두 귀에 꽂은 이어폰을 뺐다. 누군지 봤다. 경애였다. 골이 잔뜩 난 낯빛이었다.

"경애야! 왜? 무슨 일이야?"

"너 우리 오빠들 좋아하지 마."

경애가 앞뒤 자르고 바로 말했다.

소녀는 어이가 없었다.

"끌려서 내가 좋아하는데, 네가 왜……."

"내가 좋아하지 말라고 하면 좋아하지 마. 우리 오빠들은 내꺼야."

소녀는 피식 웃었다. 남들이 좋아하는 아이돌그룹은 좋아하지 않고, 남들이 잘 모르는 아이돌그룹만 좋아하는 경애였기에 그럴 만하다고 여겼다. 경애는 옷도, 학용품도 남들이 쓰면 쓰지 않았다. 수십만 원 주고 산 옷도 누가 학교에 입고 오면 다시는 입지 않았다.

"네 마음은 알아. 그래도 같이 좋아하면 더 좋지 않아?"

"안 돼! 내 오빠들이야. 넌 안 돼."

소녀는 슬슬 짜증이 났다. 아무리 친구지만 지나치다는 생각이 들었다.

"너랑 나는 친구야. 친구끼리 같이 좋아하면 더 좋잖아."

"웃기지 마. 너 따위가 좋아할 만한 오빠들이 아니야. 그리고 작년까지 따돌림 당했던 주제에 친구라는 말을 함부로 쓰지 마."

옛날 소녀였다면 아무렇지 않게 넘겼을지도 모른다. 그러나 소녀 안에 자리 잡은 어둠은 소녀에게 쉽게 미움을 불러 일으켰다.

"아무리 그래도 그렇지 어떻게 그런 말을……."

미움이 치밀었지만 그래도 소녀였다. 소녀는 애써 어둠을 누르며 좋게 말을 이어가려 애썼다.

"꼴에 웃겨. 내 말 안 들으면 시현이랑 예진이가 너와 못 지내게 할 테니까 알아서 해."

경애가 한 말이 가까스로 미움을 누르던 둑을 무너뜨렸다. 경애는 소녀를 확 밀치고는 가버렸다. 더는 참을 수 없었던 소녀는 경애에게 저주를 퍼부었다.

"이~이~익! 너~!"

소녀는 입에서 나오는 대로 내뱉었다.

"앞으로 뭐든 다 꼬일 대로 꼬여 버려!"

씩씩거리며 걸어가던 경애는 소녀가 내뱉은 무시무시한 저주에 뒤를 돌아보다가 깜짝 놀랐다. 소녀 어깨 위로 흐리긴 했지만 검은 빛이 어른거렸으며, 눈도 검게 물들었다. 소녀는 무서운 영화에 나오는 귀신처럼 보였다. 경애는 무서워서 눈을 질끈 감았다. 눈을 감고 한동안 덜덜 떨었다. 4학년 때 소녀를 두고 돌았던 소문이 얼핏 떠올라 더 두려웠다. 소녀에게 퍼부었던 말을 주워 담고 싶었지만 때는 늦었다. 경애가 눈을 떴을 때 소녀는 사라지고 없었다.

경애가 눈을 떴을 때 스마트폰이 울렸다. 남자친구 인욱이었다. 인욱이는 경애가 전화를 받자마자 대뜸 소리를 질렀다.

"야, 너 페이스북에 어떻게 그딴 사진을 올리냐?"

"전화하자마자 왜 소리를 질러?"

경애는 까닭모를 짜증이 치밀어 같이 맞받아쳤다.

"이씨~ 짜증나니까 그치. 내 웃긴 사진 올리면 좋냐?"

"왜 그래? 그런 사진 올린 적 많았잖아?"

"내가 쭉 참았을 뿐이야. 넌 늘 제멋대로잖아."

"내가 뭘 제멋대로야?"

"몰랐냐? 에이, 정말 씨……!"

인욱은 말끝을 흐렸다.

"너 방금 뭐랬어?"

경애는 인욱이 흐린 말끝을 알아듣고는 발끈했다.

"뭘 뭐라고 해. 에이 정말이라고 했지."

"그 뒤에 뭔 말 했잖아?"

"뭔 말?"

"욕했잖아."

"무슨 욕을 해."

"작은 소리로 욕했잖아!"

"짜증나게, 트집 잡을래?"

"욕 해놓고 왜 안 했다고 하니? 좀스럽게."

"야~ 너는 네가 잘못해놓고 왜 나한테 지랄이야."

"지랄! 지랄? 야!"

경애는 더는 참지 못하고 버럭 소리를 질렀다.

"끝내! 끝내! 더러워서 너랑 못 사귀겠다."

인욱이도 되받아쳤다.

"좋아! 나도 너 싫어!"

소녀가 저주를 내린지 몇 분도 되지 않아 경애는 한 해 넘게 사귀었던 인욱이와 헤어졌다. 경애와 인욱이가 헤어질 때 소녀는 속이 타들어가는 답답함을 풀려고 정수기 앞에 섰다. 찬물을 마시면 속이 안 좋을 듯하여 뜨거운 물을 받았다. 뜨거운 물을 빠르게 마시려다 입안을 뎄다.

"앗 뜨거!"

화들짝 놀란 소녀는 몸을 움츠렸고 그 바람에 컵에 담겼던 물이 손으로 쏟아졌다. 또다시 소녀는 뜨거운 물에 놀라 손을 뒤로 빼며 휘저었는데, 그러다 손이 벽에 세게 부딪쳤다. 눈물이 찔끔 날 만큼 아팠다. 그냥 교실로 가려고 했지만 아픔을 참기 힘들었다. 하는 수 없이 보건실로 서둘러 가다가 우락부락하게 생긴 아저씨랑 세게 부딪쳤고, 뒤로 넘어졌다. 넘어지면서 바닥에 손을 짚었는데 이번엔 압정이 손바닥 한 가운데에 박혔다. 깊이 박힌 압정을 빼내자 피가 뚝뚝 떨어졌다. 보건실로 가서 응급처치를 받았다.

'나한테 왜 이렇게 나쁜 일이 잇따라 일어나지?'

소녀는 이런 물음을 얼핏 품었으나 뚜렷한 답을 찾지는 못했다. 그저 어쩌다 보니 안 좋은 일이 겹쳐서 일어났다고만 여기고는 곧 잊어버렸다.

그날 점심 때 경애는 시현과 싸웠고, 그 다음날에는 예진과도 싸웠다. 소녀가 저주를 내린 지 사흘째 되는 날 경애가 학교에 왔을 때, 놀랍게도 경애는 반에서 아무와도 어울릴 수 없었다. 나흘째 되는 날, 학교에서 아무도 경애를 아는 체 하지 않았다. 경애는 전교 왕따가 되었다. 닷새째 되는 날, 경애는 선생님에게도 찍혔다. 경애를 아끼던 선생님은 그날따라 경애 잘못을 들추었고 틈만 나면 꾸짖었다. 눈물이 쏙 날 만큼 꾸지람을 들은 경애는 펑펑 울었고, 아이들은 그런 경애를 뒤에서 욕하며 멀리했다.

경애는 학교가 끝난 뒤 서러워서 학원도 가지 않고 방에 처박혀 울고 또 울었다. 늦은 밤, 아빠가 술이 취해 들어오셨다. 울다 지쳐서 멍하니 있는데 엄마와 아빠가 나누는 무거운 말소리가 들렸다.

"갑자기 회사가 어려워져도 그렇지, 어떻게 그런 나쁜 짓을 나한테 시켜?"

"당신이 날 봐주지 않으면 누가 날 도와주겠어."

"애들 먹는 밥이라고. 아무리 그래도……."

"당신이 영양사잖아. 거래처가 갑자기 다 끊기는데 당신이라도 어떻게 해 줘야지."

"도대체 어떻게 했기에 잘나가던 회사가 하루아침에 어려워져?"

"나도 몰라. 닷새 전부터 모든 거래처들이 짜기라도 한 듯이 거래를 끊겠다고 하잖아. 나도 갑자기 당해서 미치겠어."

"아무런 낌새도 없이 갑자기 그랬다고?"

"나도 몰라! 사원들이 이곳저곳 돌아다니며 만날 수 있는 사람은 모두 만나서 까닭을 알아봤는데 도무지 알 수가 없어. 그냥 끊는다는 말밖에 없어. 회사 돈도 꽉 막혀서 돌지 않아. 은행도 갑자기 대출금을 갚으라 하고."

"그래서 나보고 은행 대출도 알아보라고 했어?"

"그래. 당장 며칠 뒤면 대출도 갚아야 하고, 월급도 줘야하는데, 어찌 된 일인지 돈도 돌지 않고, 들어와야 할 돈도 제 때 들어오지 않아서 당장 쓸 돈도 없어."

"당신 도대체 회사를 어떻게 꾸려왔기에……."

"엿새 전까진 다 괜찮았어. 아무런 말썽도 없었고 회사는 잘 나갔어. 거래처는 쭉 늘었고 돈도 잘 돌고. 닷새 전 아침부터 갑자기 일어난 일이라니까. 나도 정말 돌아버리겠어."

"미치겠네. 정말."

이쯤 되면 여러분들도 왜 경애 아빠 회사가 어려움을 겪는지 알았으리라고 본다. 소녀가 내린 저주가 경애 집을 꼬이게 만들었다. 아빠가 어려움에 빠지면서 학교 영양사인 엄마도 덩달아 힘든 일을 겪게 되었다. 소녀는 경애에게만 저주를 내렸지만 소녀가 지닌 마력이 너무 세서 그 힘이 경애와 깊이 이어진 엄마 아빠에게까지 미쳤다. 만약 여러분 가운데 어느 날부터 갑자기 일이 잘 안 풀리고 꼬인다면 누군가 저주를 했을지도 모른다. 여러분이 누군가에게 나쁜 짓을 하지 않았더라도 여러분과 가까운 누군가가 나쁜 짓을 했고 저주를 받았을지도 모른다. 그러니 일이 꼬인다면 둘레를 잘 살펴보아야 한다. 여러분 학교에도 소녀와 같은 마녀가 있을지도 모르니까!

아무튼, 경애는 엄마와 아빠가 나누는 이야기를 들으면 들을수록 소녀가 저주를 내릴 때 모습이 떠올랐다. 떠올릴 때마다 영화나 드라마에서 봤던 귀신이나 괴물 모습이 덧붙여지면서 점점 더 무서워졌다. 소녀가 내린 저주 때문에 아빠와 엄마가 어려움을 겪지는 않는지 걱정했지만, 말도 안 된다고 생각했다. 경애는 저주를 믿지 않았다. 아니 믿고 싶지 않았다.

믿지 않았지만 경애 삶은 갈수록 꼬였다. 학교생활은 더할 나위 없이 엉망이어서 보는 애들마다 경애를 괴롭혔다. 경애보다 어린 4학년 애들도 경애를 놀렸고, 6학년들도 경애를 못살게 굴었다. 모든 선생님들에게 찍혀서 어딜 가나 선생님들에게 꾸지람을 들었다. 집도 엉망이었다. 엄마와 아빠는 툭하면 싸웠다. 아빠는 들어오지 않는 날이 많았고, 들어올 때면 술에 취한 채였는데 그때마다 엄마랑 다퉜다. 엄마는 학교에서 애들에게까지 학교 식당 밥이 쓰레기 같다는 놀림을 받는다며 아빠에게 악다구니를 썼고, 아빠는 밖에서 힘든데 안에서도 이렇게 못살게 구냐면서 버럭버럭 소리를 질러댔다. 경애가 좋아하는 아이돌그룹도 망했다. 잠깐 인기를 끌었지만 스캔들이 터졌고 소리 소문 없이 사라져 버렸다.

경애는 꽤나 공부를 잘했다. 반에서 1등은 못해도 2, 3등은 늘 했다. 그런데 시험을 망쳤다. 망쳐도 이만저만 망치지 않았다. 50점을 넘는 과목이 하나도 없었다. 그때서야 경애는 왜 제 삶이 이렇게 꼬이는지 뚜렷이 깨달았다. 믿고 싶지 않았지만, 믿기 싫었지만 소녀 때문이었다. 더는 견딜 수 없었다. 더는 이대로 살 수 없었다. 이대로 살다가는 죽을지도 모른다는 두려움이 경애를 짓눌렀다. 경애는 시험을 망친 다음 날 소녀를 찾아가 무릎을 꿇었다.

"잘못했어. 내가 그날 한 짓을 용서해줘. 더는 견딜 수 없어. 이대론 못살겠어. 엄마 아빠가 날마다 싸우는 꼴을 더는 보기 힘들어. 잘못했어. 내가 정말 잘못했어."

경애는 눈물까지 흘리며 싹싹 빌었다.

"나는 다 잊었는데. 알았어. 더는 널 미워하지 않을게."

소녀는 경애를 흘깃 보더니 아무렇지 않게 말했다.

바로 그때 경애 스마트폰이 울렸다. 인욱이었다. 인욱이는 경애에게 잘못했다고 싹싹 빌면서 다시 사귀자고 했다. 그날 점심, 시현과 예진이가 경애에게 잘못했다고 말하며 다시 같이 다니자고 했다. 학교에서 만나는 선생님들마다 경애를 예뻐해 주었다. 그날 저녁, 아빠는 환하게 웃으며 집으로 왔고, 엄마도 밝은 얼굴로 아빠를 맞았다. 저녁 연애 뉴스에는 사라진 줄 알았던 바로 그 아이돌그룹이 다시 나타났다. 갑자기 모든 일이 잘 풀렸다. 꼬였던 실타래가 풀리듯 단숨에 경애 삶이 옛날 잘 지내던 때로 되돌아갔다.

다음 날 아침, 경애는 소녀를 만나 고맙다고 말했다. 그리고 이런 말도 했다.

"너 그때 정말 무서웠어. 네 몸에서 나오는 검은 빛으로 해가 흐릿해지고, 네 눈에서 검은 빛이 쏟아지는데, 소름이 돋았어. 마치 마녀가 마법을 부리는 듯했어."

"에이, 설마!"

소녀는 경애가 잘못 보았다고 생각했다. 소녀는 자신이 마녀라고 믿지 않았다. 저주가 담긴 말을 하긴 했지만 그때는 그냥 미움에 치받쳐서 되는 대로 내뱉었을 뿐 별 뜻이 없었다. 마음에 가득 차오르는 미움을 밖으로 내보내지 않으면 견디기 힘들어서 되는 대로 쏟아냈을 뿐이었다. 소녀는 경애 말을 귀담아 듣지 않았고, 금방 잊어버렸다.

4
당신이야말로 쓰레기야

초등학교 6학년 때 소녀네는 또다시 집을 옮겼다. 큰 회사에서 아빠를 모셔갔고, 회사가 집까지 마련해주었기 때문이다. 돈도 몇 배나 더 많이 받는다고 엄마와 아빠는 마냥 기뻐했지만, 소녀는 기쁘면서도 한편으로는 섭섭했다. 태어나서 처음으로 애들과 잘 어울리며 지내는 기쁨을 만끽하다가 또 옮기니, 아쉽고 서운할 수밖에 없었다. 친구들과 헤어지는 날에는 눈물이 나려고 했다.

새로운 학교에서는 어렵지 않게 친구를 사귀었다. 이미 애들과 가까워지려면 어떻게 해야 하는지 잘 알았기 때문이다. 소녀는 세정, 연화, 은비와 같이 다녔다. 세정이는 말이 많아서 조금 귀찮았지만 같이 다니면 재밌고, 연화는 끊임없이 투덜거리고 뒷말이 많았지만 화끈하고 털털했다. 은비는 착하고 차분했다. 은비는 셋 가운데 소녀와 가장 친했다. 은비랑 지내면 마음이 가라앉고 느긋해졌다.

새로 사귄 친구들은 소녀 마음에 쏙 들었지만, 담임인 노만길 선생은 단 한 구석도 소녀 마음에 들지 않았다. 소녀뿐 아니라 거의 대부분의 학생들이 노만길 선생을 좋아하지 않았다. 항상 학생들이 싫어할 짓만 했기 때문이다.

노만길 선생이 가장 많이 하는 짓은 괜한 트집잡기였다. 틈만 나면 트집을 잡아서 학생들을 괴롭혔다.

"연화, 너 얼굴에 뭐 발랐어?"

"화장 안 했는데요?"

"화장? 내가 화장이란 말도 안 했는데 화장 안 했다고 하다니…… 너 화장했지?"

"아니에요. 립밤만 발랐어요."

"아니야, 화장했어. 립밤을 발랐다면 립밤은 어딨어?"

"선생님이 가지고 다니지 말라고 하셨잖아요. 그래서 안 가지고 왔죠."

"그럼 네가 립밤 발랐다는 말을 어떻게 믿어?"

"그렇게 못 믿으신다면 제 입술을 만져 보시면 되잖아요?"

"내가 남자 선생이니 너 입술을 만지지 못하니까 그렇게 말하잖아. 안 그래?"

그렇게 괜한 트집을 잡아서 한참 괴롭히고는 다짜고짜 반성문을 쓰라고 했다. 한 번은 세정이가 수업에 5분쯤 늦게 들어왔다. 노만길 선생은 세정이를 문 앞에 세워놓고 거칠게 꾸짖었다. 선생으로서 해도 되나 싶은 욕도 마구잡이로 날렸다. 세정이가 뭐라고 대꾸하려고 했지만 한 마디도 못하게 하고 몰아붙였다. 심하게 꾸지람을 들은 세정이는 하염없이 눈물만 흘렸다. 한참 꾸짖고 난 뒤에 노만길 선생은 세정이에게 이렇게 말했다.

"그건 그렇고, 왜 늦었어?"

"교장 선생님이 ……부르셔서 ……갔다 왔어요."

세정이는 울먹거리며 겨우 대꾸했다.

"그래? 교장 선생님이? 흠, 그럼 처음에 그렇게 말하지. 들어가."

노만길 선생이 하는 꼴을 보던 소녀조차 꼭지가 돌아버릴 만큼 부아가 치밀었으니 세정이는 오죽했을까? 이런 일들이 자주 일어났기에 애들은 거의 다 노만길 선생을 싫어했다. 여기서 모두가 아니라 '거의 다'라고 한 까닭이 있다. 애들 가운데 둘은 노만길 선생을 아주 좋아했다. 한 명은 반 1등인 상훈이고, 또 한 명은 반 애들이 다 싫어하는 수희다. 상훈이와 수희가 노만길 선생을 좋아하는 까닭은 노만길 선생이 상훈이와 수희를 대놓고 감싸기 때문이다. 다른 애들에겐 못된 말을 퍼붓고, 다독여야 할 때도 함부로 말하는 노만길 선생이지만 그 둘은 끔찍하게 아끼고 보살핀다. 노만길 선생이 상훈이를 좋아하는 까닭은 상훈이 아빠가 큰 병원 의사고, 엄마가 학교 운영위원장이기 때문이다. 더구나 상훈이는 공부도 잘한다. 다툼이 나도, 수업에 늦어도, 숙제를 안 해와도, 수업 시간에 떠들어도 상훈이는 그대로 두고 옆에 있는 애들만 꾸짖는다.

노만길 선생은 수업 때 잠을 자는 애들을 끔찍하게 싫어한다. 조는 낌새만 보여도 일으켜 세워서 심한 말을 퍼붓는다. 상훈이는 수업 때 거의 딴 짓도 안 하고 잠도 안 잔다. 그러니 당할 일이 없다. 그러던 어느 날이었다.

연화가 잠을 자다 노만길 선생에게 걸렸다. 노만길 선생은 차마 입에 담지 못할 말을 연화에게 퍼부었다. 아무리 대가 센 연화라도 견디기 힘든 말이었다. 연화는 뒤에 나가서 벽을 보고 서있는 벌까지 받았다. 그런데 십여 분 뒤에 믿기 힘든 일이 일어났다. 상훈이가 책상에 엎드려 잠을 자는 것이었다. 노만길 선생은 아무런 말도 하지 않았다. 처음엔 노만길 선생이 상훈이를 못 봐서 그런 줄 알고, 애들이 대놓고 상훈이가 잔다고 손가락질을 했는데도 아무 말도 하지 않고, 도리어 상훈이가 잔다는 몸짓을 하는 애들을 째려봤다.

참지 못하고 세정이가 일어나서 따졌다.

"선생님, 왜 연화가 잠들었을 때는 꾸짖고 벌까지 주시면서 상훈이는 그대로 둬요? 너무하시잖아요?"

세정이 목소리가 워낙 커서 상훈이가 쭈뼛거리며 깨어났다. 노만길 선생은 상훈이 곁으로 가더니 상훈이 어깨를 부드럽게 어루만졌다.

"상훈이가 어젯밤에 늦게까지 공부하느라 얼마나 힘들었겠어. 부지런히 공부하는 상훈이랑 연화를 똑같이 대하면 안 되지. 안 그래?"

노만길 선생 말에 애들은 모두 넋이 나갔다.

"선생님! 그런 말도 안 되는……."

세정이가 어이없어 하며 따지려는데 노만길 선생이 버럭 소리를 질렀다.

"야! 이세정! 너 감히 선생님께 대들어?"

노만길 선생은 세정이를 심하게 꾸짖고는 오후에 학교에 남아서 반성문 수십 장을 쓰는 벌을 주었다.

상훈이는 아빠가 의사에 돈도 많고 엄마가 학교 운영위원장이니 노만길 선생이 남다르게 대할만했다. 그러나 노만길 선생이 수희를 끼고 도는 까닭은 아무도 알지 못했다. 수희는 누가 보더라도 좋아할 만한 구석이 없는 애였다. 수희는 아프지 않으면서도 늘 아픈 척했기 때문이다. 틈만 나면 머리를 한쪽으로 살짝 기울이고는 한손으로 이마를 만지면서 얼굴을 찡그렸다. 수희가 그러고 있으면 노만길 선생뿐 아니라 다른 선생님들도 수희에게 힘든 일은 하나도 시키지 않았다. 숙제를 안 해와도 내버려 두었다.

처음엔 수희가 정말로 많이 아픈 줄 알았지만, 얼마 지나지 않아 애들은 수희가 하는 짓거리가 모두 거짓임을 알아차렸다. 수희는 애들과 있을 때는 가만히 있다가 선생님들이 보이면 아픈 척했다. 또 선생님이 뭔가 시키려는 낌새가 보이면 더 심하게 아픈 시늉을 했다. 제가 뭔가 잘하는 일을 할 때는 씩씩하게 하다가도 잘하지 못하는 일만 닥치면 갑자기 머리가 아프다면서 찡그렸다.

노만길 선생은 수희가 숙제를 안 해 와도, 지각을 해도, 잠을 자도 봐줬다. 심지어 학교에 며칠씩 나오지 않아도 그대로 두었다. 다른 애들이라면 단 한 가지만 걸려도 크게 나무라거나 반성문을 쓸 일들을 수희는 오히려 더 보살핌과 사랑을 받았다. 이러니 애들이 수희를 싫어할 뿐 아니라 대놓고 미워했다. 그러나 수희를 미워하는 마음을 그대로 드러냈다가는 노만길 선생에게 무슨 일을 당할지 모르기 때문에, 아무도 수희를 건드리지 않았다.

초등학교 6학년밖에 안 된 애들이 마음으로는 미워하면서 겉으로는 아무렇지 않은 척 하기는 어려웠다. 많은 애들이 슬쩍, 알게 모르게, 드러나지 않게 수희를 괴롭혔다. 괜히 옆에 지나가다가 툭 치고, 다른 애랑 장난을 치는 듯하다가 세게 부딪치고, 비싸 보이지 않는 연필을 몰래 훔치는 등 눈에 보이지 않게 괴롭혔다. 처음에 수희는 애들이 그런 식으로 괴롭히는 줄 전혀 눈치채지 못했지만, 작은 괴롭힘이 쌓이고 쌓이다 보니 수희도 알아차렸다. 알아차리긴 했으나 뭐라고 딱히 괴롭혔다고 드러내 놓고 말할 만한 일이 없었으므로, 수희는 울상을 짓기만 할 뿐 선생님께 일러바치지 못했다. 가다가 툭 부딪친 일을 학교폭력이라고 말할 수도 없고, 연필 하나 사라졌다고 도둑이 있다고 말하기도 어려웠다. 그런데 노만길 선생에게 자주 꾸지람을 들은 연화와 세정이는 수희를 대놓고 괴롭히는 길에 들어서고 말았다.

밖에서 사온 과자를 먹다가 들켰을 때였다. 수희도 몰래 감춰놓고 먹었는데 연화와 세정이만 걸렸다. 억울하게 당하기 싫었던 세정이와 연화는 수희도 몰래 감춰놓고 먹었다고 노만길 선생에게 고자질했다. 그러나 노만길 선생은 수희 책상이나 가방은 거들떠보지도 않고, 괜히 착한 친구를 나쁘게 말한다면서 세정이와 연화를 더 심하게 나무랐다. 골이 날 대로 난 연화와 세정이는 그 다음 날부터 수희를 대놓고 괴롭혔다. 지나가면서 수희 귀에만 들리게 욕을 하고, 수희가 아프다고 엄살을 피우면 손으로 옆구리를 푹 찌르고, 필통을 몰래 가져다가 휴지통에 던져버리기도 했다.

처음에 수희는 어찌할 바를 모르고 참다가, 마침내 노만길 선생에게 학교폭력을 당했다고 고자질을 하고 말았다. 노만길 선생은 얼굴을 부라리며 세정이와 연화를 불러들였다. 세정이와 연화는 처음에는 괴롭히지 않았다고 발뺌했지만, 수희가 워낙 꼼꼼하게 일러바치는 통에 노만길 선생에게 있는 그대로 털어놓을 수밖에 없었다. 세정이와 연화가 저지른 잘못을 다루는 학교폭력위원회가 열리게 했다. 그런데 일은 거기서 그치지 않았다.

은비와 소녀는 수희를 전혀 괴롭히지 않았고, 세정이와 연화가 수희를 괴롭히는 줄도 몰랐지만 노만길 선생은 은비와 소녀도 수희를 괴롭혔다고 생각했다. 그래서 은비와 소녀를 점심 때 상담실로 따로 불러서 수희를 괴롭히지 않았냐고 따졌다.

"너희 둘, 세정이랑 연화와 같이 뭉쳐 다니지?"

"네."

은비가 답했다.

"같이 다니면서 너희 둘도 수희 괴롭히지 않았어?"

"아니에요."

"뭐가 아니야. 늘 같이 다니면서 괴롭혔잖아?"

"아니라니까요. 저흰 그런지도 몰랐어요."

아무리 아니라고 해도 노만길 선생은 믿는 시늉도 하지 않았다.

"같이 어울려 다니면서 그런지도 몰랐다? 말이 돼? 너희를 어떻게 믿어?"

노만길 선생이 몰아붙였지만 은비와 소녀는 끝까지 아니라고 버텼다. 원하는 답을 얻지 못한 노만길 선생은 잠시 뒤 수희를 불러들였다.

"애들도 너 괴롭히지 않았어?"

노만길 선생이 수희에게 물었다.

소녀와 은비는 수희가 어떻게 답할지 걱정되었다. 수희가 여기서 둘이 괴롭혔다고 하면, 소녀와 은비도 꼼짝없이 학교폭력위원회에 나가야 한다.

"아니에요. 애들은 안 괴롭혔어요."

수희는 머뭇거리지 않고 답했고, 소녀와 은비는 가슴을 쓸어내렸다.

"안 괴롭혔어?"

"네!"

수희가 아니라고 했으므로 은비와 소녀는 노만길 선생이 보내 줄 줄 알았다. 그러나 아니었다.

"너희 알았지? 늘 같이 다니면서 세정이와 연화가 수희를 괴롭히는 줄도 몰랐다니 말이 돼? 알면서도 선생님께 말을 안 한 죄가 얼마나 큰 줄 알아? 괴롭힌 사람보다 알고도 말을 안 하는 사람이 더 나빠!

"저희는 정말 몰랐어요."

"몰랐어요. 선생님. 믿어주세요."

은비와 소녀가 아무리 아니라고 해도 노만길 선생은 믿지 않았다.

"선생님이 다 아는데 끝까지 거짓말 할래?!"

노만길 선생이 소리를 버럭 지르더니 오른 주먹으로 책상을 '쾅!' 내리쳤다.

그 바람에 은비는 화들짝 놀랐는데 그 뒤로 낯빛이 바뀌고, 손도 부들부들 떨렸다.

"친구를 괴롭혀놓고는 이제 거짓말까지 해! 엉?"

이번에는 두 주먹으로 한꺼번에 책상을 '쾅!' 내리쳤다.

"너희처럼 거짓말하는 애들을 뭐라고 하는지 알아? 바로 쓰레기라고 불러!"

노만길 선생은 학생에게 해서는 안 될 말을 거르지 않고 마구 쏟아냈다.

"어릴 때 쓰레기는 어른이 돼도 쓰레기야! 남 속이고, 훔치는 범죄자들도 어릴 때 쓰레기였어."

손끝에서 비롯한 떨림은 온몸으로 번져 갔고, 떨리는 세기도 점점 커졌다.

"은비야! 괜찮니?"

소녀는 은비 어깨를 한 손으로 감쌌다. 붉은빛을 잃고 새파랗게 질려버린 은비 입술에선 아무 말도 나오지 않았다. 은비네 엄마 아빠는 은비 앞에서 큰소리 한 번 내지 않았다. 곱게 자란 은비는 한 번도 노만길 선생처럼 윽박지르는 사람을 만나 본 적도 없고, 그런 말을 들어본 적도 없었다. 책상을 내리치며 때릴 듯이 으르고, 입에 담지 못할 말을 태어나서 처음 들어봤으니 얼마나 무서웠겠는가?

"선생님이 나무라는데 듣지는 않고 뭐하는 짓거리야!"

노만길 선생은 소녀가 은비를 걱정하는 마음까지 나무라며 앞에 있던 볼펜을 은비와 소녀에게 집어던졌고, 볼펜이 소녀 머리에 맞았다.

"거짓말이나 하는 주제에 약한 척하기는."

볼펜이 소녀 머리를 때릴 때, 소녀가 애써 억누르던 미움이 솟구쳤다. 더는 견딜 수 없었다. 아니 더는 참고 싶지 않았다. 한 손으로는 은비 어깨를 감싸고, 다른 한 손으로는 은비 팔을 잡은 채소녀는 노만길 선생을 노려봤다.

"선생을 노려보다니, 이런 버릇없는······!"

노만길 선생은 오른손을 번쩍 치켜들며 때리려는 시늉을 하다가 흠칫했다. 소녀 눈빛은 이제까지 살면서 한 번도 보지 못한 기운으로 가득했기 때문이다.

"당신이야말로 쓰레기야!"

소녀 입에서 저도 모르게 말이 튀어나왔다.

"뭐? 이런 ～."

노만길 선생은 부아가 치밀어 벌떡 일어났다. 그러나 더 어떻게 하지는 못했다. 소녀 몸에서 검은 어둠이 스멀스멀 밀려나왔기 때문이다. 소녀 몸에서 나온 검은 어둠은 소녀를 휘감았고 상담실을 밝히던 빛을 야금야금 빨아들였다. 아직 대낮이었지만 상담실 안은 점점 어둠으로 물들어갔다.

"너…너… 뭐야?"

노만길 선생은 무서워서 저도 모르게 뒷걸음질 쳤다. 의자가 넘어졌다.

"쓰레기는 쓰레기처럼 버려져야 해. 당신이 아끼고 믿는 그 둘이 당신을 쓰레기로 만들 테니까 두고 봐."

노만길 선생은 태어나서 처음으로 겪는 끔찍한 두려움에 다리에 힘이 풀려서 털썩 주저앉고 말았다.

"은비야, 나가자! 저런 쓰레기가 내뱉은 말은 마음에 두지 마."

소녀는 은비를 이끌고 일어났다. 상담실을 짓누르던 어둠도 같이 일어났다. 소녀가 발걸음을 옮기자 어둠은 점점 소녀 안으로 스며들었다. 상담실 문을 열고 소녀가 나갈 때 미처 소녀 몸으로 돌아가지 못한 어둠 한 줌이 은비 몸에 달라붙었다.

소녀가 은비를 부축하고 교실로 걸어오는데 다리에 힘이 풀린 은비가 자꾸 넘어지려고 했다. 힘껏 은비를 부축하던 소녀는 넘어지려는 은비를 잡아주려다 잘못해서 발목을 접질리고 말았다. 발목이 접질리면서 은비와 소녀는 함께 넘어졌다. 점심시간이 끝나고 5교시는 음악이어서 이동수업을 했고, 6교시에 담임인 노만길 선생이 교실로 들어왔다. 노만길 선생 얼굴빛이 좋지 않았다. 교실에 들어오자마자 교실을 두리번거리며 살폈다. 은비와 소녀가 보이지 않았다.

"둘은 어디 갔냐?"

노만길 선생이 물었다.

"다쳐서 보건실에 있습니다."

반장이 답했다.

"둘 다 다쳤어?"

"네. 둘이 같이 오다가 넘어져서 한 명은 다리를, 한 명은 팔을 다쳤대요."

노만길 선생은 소녀와 은비가 다쳤다는 말에 저도 모르게 웃음이 나왔다. 소녀 때문에 놀란 가슴이 가라앉는 느낌이었다. 수업을 하려던 노만길 선생은 상훈이와 수희도 보이지 않음을 알아차렸다.

"상훈이와 수희는 뭔 일 있어?"

"모르겠습니다. 상훈이는 음악수업 때부터 안 보였고, 수희는 쉬는 시간에 선생님 뵈러 나간다고 하더니 안 왔어요."

반장이 답했다.

노만길 선생은 더는 묻지 않고 수업을 했다. 수업을 한지 20여 분쯤 지났을 때였다. 교실 앞문이 시끄럽게 열리고, 아주 화려하게 차려입은 40대 여성이 들어왔다.

"어, 상훈이 어머님, 아니 운영위원장님 어쩐 일……."

노만길 선생은 하던 말을 마저 끝내지 못했다. 상훈이 엄마가 씩씩거리며 다가와서는 노만길 선생 뺨을 있는 힘껏 때렸기 때문이다. 노만길 선생은 왼손으로 뺨을 어루만지며 어쩔 줄 몰랐다.

"당신이 선생이면 다야? 우리 상훈이가 나가기 싫다는 대회를 막무가내로 내보내는 바람에 상훈이가 힘은 힘대로 들고, 대회에서 떨어져서 펑펑 울었어. 당신 멋대로 애를 내보내서 생긴 일이니까 당신이 책임져! 알았어? 되먹지도 못한 선생 나부랭이 주제에."

상훈이 엄마는 학생들 앞에서 노만길 선생을 있는 대로 욕보이고는 문을 세차게 닫고는 나가 버렸다. 학생들은 처음 겪는 일에 놀라서 숨소리조차 제대로 내지 못했다. 말 한 마디 없이 꼼짝도 못했지만 속으로 고소하게 여기는 학생들은 많았다. 상훈이 엄마가 말하는 대회란 각 학교에서 두 명씩 대표를 뽑아서 벌이는 과학글쓰기경진대회인데 처음에는 다른 학생이 뽑혔었다. 그런데 노만길 선생이 그 학생에게 으름장을 놓아서 그만두게 한 다음 상훈이가 나가게 했다. 상훈이는 노만길 선생이 나가라고 할 때는 싫은 낌새를 내비치지 않았을 뿐 아니라 애들에게 자랑하기까지 했다. 그런데 막상 대회에 나가서 떨어지고 나니까 애들이 손가락질 할까봐 걱정해서 엄마에게 조금 찡찡거렸다. 상훈이가 찡찡거리자 상훈이 엄마는 부아가 났고, 곧바로 학교에 와서 노만길 선생에게 분풀이를 한 것이다.

상훈이 엄마가 나간 뒤 교실은 무거운 기운이 퍼지면서 아무 소리도 나지 않았다. 학생들은 손가락 하나 움직이지 않은 채 노만길 선생 눈치를 살폈다. 노만길 선생은 가끔 뺨을 쓰다듬으며 교실 창문 앞에 서서 밖만 줄기차게 내다보았다.

상훈이 엄마가 나간 지 십여 분 뒤, 또다시 교실 앞문이 열렸다. 노만길 선생과 학생들 눈길이 교실 문으로 들어오는 사람에게 모두 꽂혔다. 교감 선생님이었다.

"노만길 선생, 잠깐 나와 보세요."

"교감 선생님, 무슨 일이시죠?"

노만길 선생과 학생들은 조금 앞에 벌어진 일 때문에 교감 선생님이 찾아왔다고 생각했다.

"여기서 말 못하니까 빨리 나오세요."

교감 선생님이 다그치자 노만길 선생은 아무 말도 못하고 따라

나갔다.

"너희들은 떠들지 말고 자습해."

교감 선생님이 서둘러 말하고는 문을 닫았다.

노만길 선생은 무슨 일인지 모른 채 교감 선생님을 따라서 교장실로 갔다. 교장실로 들어서는데 낯선 사내 둘이 있었다.

"무슨…… 일이시죠?"

노만길 선생이 쭈뼛거리며 물었다.

"노만길 선생! 대체 선생네 반 수희 학생에게 무슨 짓을 했소?"

교장 선생님이 다짜고짜 따졌다.

"제가… 뭘?"

"수희 학생이 경찰에 신고했어요."

"네? 경찰?"

낯선 사내 둘은 경찰이었다.

"선생이 수희 학생을 성희롱했다고 경찰에 신고 전화를 했어요."

"그게 무슨 말도 안 되는…….."

"학교 이름값 떨어지게 생겼으니, 에이~!"

교장 선생님은 얼굴을 심하게 붉혔다.

"그만 말씀 나누시고, 노만길 선생님!"

낯선 사내가 입을 열었다.

"경찰서까지 잠깐 가시겠습니까?"

"제가 왜 경찰서에 가죠?"

"들으셨다시피 이 학교 6학년 여학생이 성희롱을 당했다고 신고를 했어요. 긴급출동을 요청해서 저희가 곧바로 왔습니다."

"전 아무 짓도 안 했습니다. 그런데 제가 왜 경찰서에 갑니까?"

노만길 선생 목소리가 떨려 나왔다.

"그럼 여기서 자세히 따져볼까요? 학생들 눈도 있는데 웬만하면 경찰서에 가서 말씀 나누시죠?"

노만길 선생 얼굴이 딱딱하게 굳었다.

"학생들 보기 그러니까 빨리 경찰서에 갔다 와요. 아무 잘못 없으면 그냥 나올 테니."

교감 선생님이 다그쳤다.

노만길 선생은 하는 수 없이 경찰을 따라갔다. 선생님들은 노만길 선생이 무슨 일로 경찰서에 끌려갔는지 한 마디도 안 했지만 소문은 금방 퍼졌다. 수희가 SNS에 글을 올려놓았고 애들은 재빨리 이곳저곳에 퍼 날랐다. 누군가 인터넷에 노만길 선생이 상훈이 엄마에게 맞은 이야기까지 올렸고, 소문은 SNS를 타고 빠르게 퍼져서 인터넷 뉴스에 나오기도 했다. 아무도 노만길 선생 이름을 글에 올리진 않았지만 아는 사람은 모두 노만길 선생이 교실에서 뺨을 맞고, 여학생을 성희롱했다고 알아버렸다.

노만길 선생은 경찰서에서 오랫동안 있다가 나왔다. 알고 보니 쉬는 시간에 노만길 선생이 수희를 불러서 은비와 소녀도 괴롭혔다고 말하라고 시켰는데, 그때 수희 어깨를 감싸면서 이야기했기 때문이었다. 남자인 노만길 선생이 어깨를 감싸며 거짓말을 하라고 시키니, 겁을 집어 먹은 수희가 경찰서에 성희롱을 당했다고 어떨결에 신고해서 벌어진 일이었다. 수희는 경찰이 제대로 안 할까 봐 SNS에까지 올렸다.

노만길 선생은 몇 번 더 경찰서에 오갔고, 신문기자가 와서 학생들에게 노만길 선생에 대해 물어보고 가기도 했다. 소문은 학부모들 사이에 빠르게 퍼졌고, 많은 학부모들이 노만길 선생을 학교에서 내보내라고 학교에 전화를 해댔다. 노만길 선생은 얼굴을 들고 다니지 못했고, 마침내 학교를 떠나고 말았다.

노만길 선생이 떠난 뒤 은비와 소녀는 단짝이 되었다. 은비는 소녀가 노만길 선생에게 퍼부은 말을 똑똑히 들었다. 때를 봐서 소녀에게 살짝 물었다.

"네가 한 말 대로 됐어. 어떻게 된 일이야?"

"내가 그런 말을 했다고? 글쎄, 내가 왜 그런 말을 했는지 나도 잘 모르겠는데. 아무튼 그냥 정말 꼴 보기 싫었고, 그렇게 되면 좋겠다고 생각해서 쏟아붙였겠지."

"나도 무서워서 네 말을 제대로 못 듣기는 했지만 네 말이 무섭

64

기는 했어. 나는 뭔가 기막힌 재주가 너한테 있는 줄 알았는데, 네가 한 말도 떠오르지 않는다니⋯⋯. 아깝다."

"아깝긴 뭐가 아까워? 그리고 내가 무슨 마녀냐? 그런 재주가 있게."

그런 말을 나눈 뒤 소녀는 제가 했던 저주를 떠올려보려고 애썼다. 어설프게 떠오르긴 했지만 뚜렷하진 않았다. 만약 은비 말이 맞는다면 소녀 말대로 이루어졌다는 이야기인데, 참말이라면 왜 그렇게 됐는지 알 수 없는 노릇이기는 했다.

'설마, 내가 마녀겠어? 어쩌다 보니 일어난 일이겠지'

소녀는 아무리 따져보아도 모르겠기에 이렇게 생각해버리고 말았다. 그때 소녀가 더 마음을 모아서 옛일을 모두 파고들어가 봤다면 소녀 앞날이 달라졌을지도 모른다. 그러나 소녀는 그러지 않았다. 아니 그러지 못했다. 소녀 안에 자리잡은 미움이라는 어둠이 소녀가 제 안에 담긴 힘을 제대로 살피지 못하게 만들었기 때문이다. 소녀는 '설마'라고 생각했고, 그 '설마'가 더 끔찍한 일로 번졌다.

5
첫사랑

노만길 선생이 학교에서 사라진 뒤에 넷은 똘똘 뭉쳐 다녔고,
은비와 소녀는 더욱 가까워졌다. 학교생활을 괴롭게 하는 걸림돌
은 없었고 소녀에게 초등학교 6학년은 즐거움만 가득했다. 초등
학교를 졸업한 뒤에 연화와 세정이는 다른 중학교로 갔고, 은비는
소녀와 같은 중학교로 갔다. 반도 같았기에 둘은 잠깐도 떨어지지
않고 딱 붙어 다니는 단짝이 되었다. 소녀는 우리가 둘레에서 흔
하게 보는 14살 여학생처럼 지냈고, 15살이 돼서도 달라지지 않
다. 은비와 소녀는 2학년 때도 같은 반이었다. 은비와 소녀는 둘도
없는 사이였다.

소녀는 몰랐겠지만, 은비가 소녀와 같은 학교에 다니고 잇달

아 소녀와 같은 반이 된 까닭은, 소녀 안에 감춰진 힘이 움직인 탓이었다. 소녀는 새 친구를 사귀는 데 힘을 쏟고 싶지 않았고, 연화와 세정은 그리 같이 다니고 싶은 친구는 아니었다. 소녀는 은비와 같이 있고 싶었고, 마음 깊이 은비와 함께 하길 바랐다. 소녀가 지닌 힘은 소녀 마음에 따라 움직였고 은비는 소녀와 늘 함께하는 친구가 되었다.

그러던 어느 흐린 날, 5교시 수업이 끝나고 쉬는 시간에 소녀 삶에서 아주 뜻 깊은 일이 찾아들었다. 5교시는 웬만큼 재미있는 수업이 아니면 졸린 시간이다. 과학 선생은 말짱한 애들도 잠이 들게 만들 만큼 재미없게 가르치는 데 선수다. 그 과학수업이 일주일에 두 번이나 5교시였다. 안 그래도 힘든 5교시인데 힘겨움에 지루함이 더해지니, 5교시 과학수업은 잠들기 딱 좋은 시간이었다. 과학 선생은 누구나 잘 수밖에 없게 가르치면서도 잠은 못 자게 했다. 잠이 드는 애는 꼭 일으켜 세워서 잔소리를 늘어놓고, 벌점을 주었다. 잇달아 자다가 과학수업 때만 벌점으로 10점을 얻어맞은 애도 있었다. 벌점이 쌓이면 괴롭다. 벌점이 30점이면 선도위원회가 열리고 부모님도 학교에 오셔야 한다.

벌점이 60점이 넘으면 강제 전학을 보내는 대상이 된다. 60점이 되어도 곧바로 강제 전학을 보내진 않고, 회의를 열어서 보낼지 말지를 정한다. 심각한 일로 강제 전학 대상자가 되면 전학을 보내기도 하지만, 작은 점수들이 쌓이고 쌓여 60점이 넘은 애들은 전학은 보내지 않고 학교에서 시키는 여러 봉사활동을 하게 한다. 봉사활동을 다 하고 나면 벌점이 0점이 된다.

아무튼 벌점은 학생들이 가장 받고 싶지 않은 점수다. 거의 모든 학생들이 회초리보다 벌점을 무서워한다. 옛날에 선생님을 나타내는 말로 '교편을 잡다'를 썼는데, 이는 '선생님이 회초리를 든 모습'을 밑돌 삼아 선생님이 학생들을 가르치는 사람임을 나타낸다. 이제 선생님들은 학생들을 가르칠 때 회초리(교편)가 아니라 벌점을 쓴다. 그러니 이젠 선생님을 나타내는 말로 '교편을 잡다'가 아니라 '벌점을 잡다' 또는 '벌점을 쓰다'고 해야 맞을지도 모르겠다.

아무튼 벌점이 무서워 졸리지만 졸리지 않은 척하며 45분을 버텨내야 했다. 그렇게 45분을 힘겹게 버틴 5교시 과학수업이 끝나고 나면 너도나도 책상에 엎드려 잤다. 5교시 과학수업이 끝나면 애들이 하도 잠을 많이 자니 블라인드를 치고 교실 불을 꺼버렸다. 그날, 소녀도 힘겹게 5교시를 버티고 잠이 들었다. 밖이 흐리다 보니 블라인드에 불까지 끈 교실은 초저녁처럼 어둑어둑했다. 중2 학생들이 곤하게 잠에 빠져 내쉬는 숨결만 교실에 가득했다. 얕은 잠에 빠졌던 소녀는 무언가 낯선 느낌에 눈을 떴다. 졸리긴 한데 잠들지 못하게 하는 어떤 느낌이 소녀를 자꾸 건드렸다.

소녀는 낯선 이 느낌이 무엇인지 알려고 고개를 들어 살짝 둘레를 살폈다. 다들 엎드려 자는 애들뿐이었다. 아무 것도 없었다. 소녀는 졸음이 몰려와서 다시 엎드렸다. 설핏 잠이 들려는데 또다시 낯선 느낌이 다가왔다. 앞서 들었던 느낌보다 셌다. 눈을 떴다. 낯선 느낌이 가시지 않았다. 귀찮았지만 고개를 들었다. 어둑어둑한 교실을 쭉 훑으며 꼼꼼히 살폈다. 그러다 낯선 눈빛과 마주쳤다. 얼굴은 흐릿했지만 눈빛만은 진했다. 소녀는 얼른 책상에 엎드렸다. 가슴이 두근거렸다. 무언가 알 수 없는 느낌이 가슴을 두드렸다. 단 한 번도 찾아온 적 없는 느낌, 바로 설렘이었다.

'윤재가 왜 나를?'

윤재와 같은 반이긴 하지만 그냥 이름과 얼굴만 알았다. 말을 제대로 섞어 본 적도 없다. 그런 윤재가 모두가 잠든 때를 틈타 따스함을 가득 담은 눈길로 소녀를 지그시 바라보았다. 눈빛이 마주쳤는데도 눈을 돌리지 않았다. 소녀 가슴에 차오르는 낯선 느낌은 소녀를 뒤흔들었다. 다음 수업 때도 뛰는 가슴이 가라앉지 않았다.

소녀는 집으로 가는 길에 윤재와 있었던 일을 은비에게 이야기했다.

"윤재가 널 좋아하는 눈빛이었어?"

은비가 다짜고짜 물었다.

"잘 모르겠어. 언뜻 그렇다고 느끼긴 했는데 잘 모르겠어."

"그렇긴 하겠다. 눈빛만 보고 어떻게 윤재 마음을 알겠어. 윤재는 어쩌다 봤는데 네가 잘못 받아들였을지도 모르지."

두근거리던 소녀 가슴이 은비 말을 듣고 빠르게 식었다.

"그렇겠지? 맞아. 눈빛만 보고 어떻게 알겠어."

"내가 물어볼까?"

은비가 눈을 동그랗게 뜨고 물었다.

"됐어. 그랬다가 윤재가 아니라고 하면 너나 나나 우스운 꼴이 되잖아. 윤재가 마음 깊이 날 좋아하면 어떻게든 마음을 드러내겠지. 아니면 말고."

말은 그렇게 했지만 소녀는 알게 모르게 윤재가 다시 한 번 제 마음을 드러내 주길 기다렸고, 꼭 그러리라 믿고 싶었다. 과학수업이 끝나고 잘 때 또다시 그런 느낌이 드는지 살피기도 하고, 몰래몰래 윤재를 바라보기도 했다. 그러던 어느 과학수업 시간이었다. 지루함을 견디며 겨우 잠을 이겨내고 수업이 끝날 때쯤이었다.

"이번 과학시험은 수업 때 내가 가르친 데서 모두 내기로 했어. 그러니 다른 데 볼 생각 말고 수업에서 배운 데만 잘 익히면 돼. 알았지?"

과학 선생님은 아주 착한 척하는 목소리로 이렇게 말했다. 마치 크게 아이들을 생각해주는 듯한 얼굴이었는데 아이들은 화들짝 놀랐다. 공부를 잘하는 애들이든 못하는 애들이든 모두 과학 선생님 말씀을 듣고 놀라기는 매한가지였다. 거의 모든 아이들이 잠을 안 자려고 버티거나, 잠을 안자는 척하려고만 애썼을 뿐, 제대로 수업을 들은 애들이 없었기 때문이다. 소녀도 마찬가지였다. 잠들지 않기 위해 힘겹게 버티긴 했지만 수업을 제대로 들은 적은 없었다. 교과서엔 낱말 하나 남기지 못했고, 수업 때 선생님이 칠판에 쓴 수많은 문제들도 공책에 써두지 않았다. 다른 반도 다르지 않았다.

소녀가 집에 갈 때였다. 은비가 일이 있어 따로 먼저 갔기 때문에 소녀 혼자 가는데 윤재가 소녀 곁으로 다가왔다. 소녀는 가슴이 콩닥거렸다. 윤재가 교과서와 공책을 내밀었다.

"이게 뭐야?"

소녀는 어떨 결에 받아들며 물었다.

"내 과학교과서랑 공책이야."

소녀는 윤재를 한 번 보고는 윤재가 건넨 책과 공책을 살폈다. 공책은 남학생이 썼다고는 믿기지 않을 만큼 깔끔했다. 과학 선생님이 수업 때 한 말을 꼼꼼하게 적었는데, 힘주어 말한 대목은 별표가 되어 있었다. 칠판에 적은 문제나 풀이도 남김없이 공책에 적어 두어서 과학공부를 할 때 큰 도움이 될 듯했다.

"시험 얼마 안 남았는데 나 빌려줘도 돼?"

"난 이미 다 공부했어. 그러니까 네가 봐. 다 보면 그때 돌려

줘."

"그래도."

"괜찮아."

"고마워."

소녀는 뭔가 더 말하려다가 입을 다물었다. 윤재가 씩 웃고는 손을 흔들며 멀어져 갔다. 또다시 가슴이 두근거렸다. 잠깐 눈빛이 마주쳤을 때보다 훨씬 더 빠르게 두근거렸다. 윤재가 주고 간 공책과 책을 가슴에 꼭 껴안았다. 따사로운 햇살이 온몸을 따스하게 어루만지는 듯했다. 소녀 안에 오랜 옛날부터 똬리를 틀었던 미움이 봄볕에 얼음이 녹듯이 녹아내렸다.

소녀는 은비에게도 윤재가 준 공책과 책을 보여주었다.

"이렇게까지 하다니…… 윤재가 나 좋아하는 게 맞지? 그치? 틀림없지?"

소녀는 신나서 말했지만 은비는 시큰둥했다.

"글쎄. 남자애가 좋아하면 좋아한다고 바로 말하겠지. 뭐 이렇게 할까 싶은데."

"그런가?"

"뭐 아예 마음이 없지는 않겠지만 딱 부러지게 널 좋아하는 마음 같지도 않아."

들떴던 소녀 마음이 은비 말을 듣고 또다시 착 가라앉았다.

"아무튼 과학시험 어떻게 하나 갑갑했는데 잘 됐다. 그치?"

은비가 해맑게 말했다.

소녀는 윤재가 준 정성스런 마음을 시험 따위에 견주고 싶지 않았지만, 은비가 하도 좋아하니 맞장구를 쳤다.

"그래! 윤재 마음이 어떻든 고맙게 써 먹자."

소녀는 마음에도 없는 말을 했다. 소녀는 윤재 마음을 알고 싶었다. 공책과 책 속에 담긴 낱말과 밑줄보다는 그 안에 담긴 따스한 정성과 애틋한 마음을 느끼고 싶었다. 그러나 은비가 여느 때 같지 않게 호들갑을 떨며 윤재가 준 공책과 책을 살피는 바람에 그러지 못했다. 은비 호들갑에 휩쓸리면서 소녀는 제 마음과 달리 윤재가 준 공책과 책에 담긴 깊은 마음을 느끼지 못했다.

그 뒤로도 소녀는 윤재가 보내는 눈길을 종종 느꼈다. 자는 때 누군가 바라보는 느낌이 들어서 얼른 고개를 들면, 윤재와 눈빛을 잠깐이나마 나누기를 몇 번이나 했다. 체육수업 때 땀 흘리며 힘들어 하면 선생님이 시키지 않았는데도, 물을 떠온 뒤에 여럿에게 나눠주는 척 하며 소녀에게 꼭 물을 챙겨주었다. 자잘한 일들이 쌓이면서 소녀 마음 한 구석에 윤재를 향한 애틋한 느낌이 차근차근 자리를 넓혀갔다.

마음은 점점 윤재에게 기울어 갔지만 소녀는 윤재와 한 번도 터놓고 얘기를 나누진 않았다. 스쳐 지나가는 말을 한두 번 나누었을 뿐이다. 소녀가 윤재와 거리를 두고 마음으로만 설렘을 느끼는 사이에 은비는 언제부터인가 윤재와 가깝게 지냈다. 서로 웃고 떠들며 한참을 얘기하기도 했다. 소녀는 그런 은비가 마냥 부러웠다.

"별 얘기 아니야. 나야 너처럼 애틋한 느낌이 없으니까 그냥 마음 놓고 얘기를 나눌 뿐이야."

소녀가 윤재와 사이에 무슨 얘기를 하는지 물으면 은비는 이러고 말았다.

어느 날 소녀는 윤재가 다른 남자애들과 나누는 얘기를 들었다.

"여자애들 화장, 정말 싫지 않냐?"

"얼굴에 떡칠하고, 정말 눈 뜨고 못 봐주겠어."

다른 남자애들이 이렇게 말하는데 윤재는 달랐다.

"화장이 어때서? 예뻐 보이려고 하는 화장이잖아. 꾸미지 않는 애들보다 조금이라도 예뻐지려고 애쓰는 애들이 나는 더 좋아."

윤재 말을 들은 소녀는 입술을 지그시 깨물었다. 그때까지 소녀는 한 번도 화장을 하지 않았다. 하물며 립밤도 바른 적이 없다. 화장실에 가면 여자애들이 화장을 하려고 거울 앞에 줄지어 섰는데 그럴 때마다 얼굴을 붉혔다. 화장품 냄새도 싫고, 떼로 몰려 화장을 하는 모습이 결코 보기 좋지 않았다. 윤재가 화장을 좋아하다니 뜻밖이었다.

"은비 너 화장품 좀 알아?"

"화장품? 화장품은 왜? 너 화장 싫어하잖아."

"응. 그랬지. 그런데 윤재가 하는 말을 들었는데, 윤재가 화장 안 하는 여자애들보다 화장을 하는 애들이 더 좋다고 해서."

"윤재가? 뜻밖이네."

은비는 고개를 갸우뚱 하더니 소녀를 장난스럽게 쏘아봤다.

"그런데 너, 설마, 윤재에게 잘 보이려고 화장을……?"

소녀는 빙그레 웃었다.

"헐, 너, 윤재 정말 좋아하게 됐어?"

소녀는 말없이 얼굴을 붉혔다. 얼굴빛이 소녀 마음을 그대로 드러냈다.

은비와 소녀는 태어나서 처음으로 화장품을 같이 샀고, 같이 화장도 했다. 둘이 함께 인터넷에 나온 대로 따라 했는데 마음과 달리 쉽지 않았다. 며칠을 같이 해본 뒤에야 학교에 아주 가벼운 화장을 하고 갔다. 소녀 입술은 그 어느 때보다 빨갛게 빛났고, 볼은 밝은 빛을 띠며 감춰두었던 소녀 마음을 수줍게 풀어냈다.

소녀는 이제나 저제나 윤재가 제 참마음을 말해주길 기다렸다. 윤재와 얘기를 많이 나누는 은비에게 여러 번 윤재 마음을 떠보라고 말했는데, 은비는 그런 낌새가 없다는 말만 되풀이했다.

그러던 어느 날, 은비가 딱딱한 얼굴로 소녀에게 말했다.

"윤재가 너한테 좋아한다고 말할지도 몰라."

소녀는 드디어 그날이 왔구나 싶어 가슴이 덜컹 내려앉았다. 숨이 가빠질 만큼 가슴이 빨리 뛰었다. 얼굴은 귀까지 빨갛게 물들었다. 은비는 그런 소녀에게 눈을 흘겼다.

"그렇게 좋아?"

소녀는 몽실몽실 웃었다.

"그런데 내가 윤재랑 말을 많이 나눠봐서 아는데, 걔는 남자가 좋아한다고 말했을 때 여자가 바로 말하면 싫대."

"왜?"

소녀 눈이 동그랗게 커졌다.

"좋아한다고 말하는데 바로 말하면 쉬운 사람이란 생각이 든다나 뭐라나. 아무튼 뭔 남자애가 그렇게 까다로운지 모르겠어."

"정말?"

"응."

"또 다른 말은 없었고?"

"그렇게 여자애가 생각할 틈을 달라고 한 뒤 기다리는 날들이 참말로 좋대. 떨리면서 설레고."

소녀는 '떨리면서 설레다'는 말을 속으로 여러 번 되풀이했다.

"아무튼 걔는 까다롭다니까."

은비는 팔짱을 끼고 투덜거렸다.

"고마워, 은비야!"

소녀는 은비 팔을 꼭 잡았다.

"너, 그런 까다로운 애랑 사귈 생각이야?"

소녀는 싱글벙글거렸다.

"하여튼 너도 참⋯⋯. 이러다 윤재한테 단짝 빼앗기겠네."

"윤재랑 사귀어도 내 단짝은 늘 너야."

은비는 팔짱을 풀며 장난스럽게 웃었다.

그로부터 며칠 뒤, 정말 윤재가 소녀에게 좋아한다는 말을 건넸다. 소녀는 바로 '나도 너 좋아!' 하고 말하고 싶었지만 은비가 해 준 말이 있어서 꾹 참고 생각할 틈을 달라며, 며칠만 기다려 달라고 했다. 그런데 뜻밖에도 소녀 말을 들은 윤재 얼굴이 지나치게 어두웠다. 은비 말에 따르면 이렇게 튕기면 '떨리면서 설레서 좋다'고 했는데 그런 얼굴빛이 아니었다. 소녀는 잘못 보았으려니 하며 며칠만 생각할 시간을 달라고 거듭 말했다.

윤재는 풀이 죽어 되돌아갔고, 소녀는 며칠을 머리를 싸매며 생각하고 또 생각했다. 은비와 이야기를 나누고 싶은데 은비는 뭐가 그리 바쁜지 소녀와 잠깐도 이야기를 나누지 않았다. 홀로 생각을 거듭하던 소녀는 단단히 마음을 먹고 윤재에게 제 참마음을 이야기하기로 했다. 말을 건넬 알맞을 틈을 찾는데 은비가 소녀를 따로 불렀다.

찻집에서 마주보고 앉았는데 은비는 어쩔 줄 몰라 하며 소녀를 똑바로 보지도 못했다. 은비에게서 한 번도 본 적 없는 모습이었다. 은비는 손가락을 꼬고, 발을 뒤틀고, 입술을 지그시 깨물었다.

"은비야, 왜 그래? 뭔 일 있어?"

소녀가 물어도 은비는 아무런 말을 하지 않았다. 소녀가 여러 차례 물은 뒤에야 은비는 힘겹게 말을 꺼냈다.

"널 볼 낯이 없어. 내가, 그럼 안 되는데……."

은비는 하고 싶은 말은 꺼내지도 못하고 '그럼 안 되는데'란 말만 거듭했다.

"우리 사이에 왜 그래! 마음 놓고 말해."

"아니야. 내가 널 볼 낯이 없어."

소녀는 은비 손을 꼭 잡았다.

"우린 단짝이야. 말해. 괜찮으니까."

"안 그러려고 했는데, 나는 안 된다고 했는데……."

"뭐가 안 돼?"

"나……윤재랑 사귀기로 했어."

가슴이 덜컹 내려앉았다. 생각지도 못한 말이었다.

"나는 안 그러려고 했는데, 윤재가 나한테 사귀자고 막 얘기하고, 다가들어서……."

소녀는 세게 도리질을 했다.

"그럴 리가 없어. 며칠 전에 나한테 좋아한다고 말했는데."

"나도 알아. 네가 며칠만 생각할 틈을 달라고 했는데, 그게 네가 싫다는 뜻으로 말한 줄 알고 마음이 아팠나 봐. 내가 힘내라고 달랬는데……그러다 둘이 가까워져 버렸어."

어지러웠다. 무슨 말을 꺼내야 할지 갈피를 잡을 수 없었다.

"미안해. 널 생각해서 그러면 안 된다고 했는데……."

은비 눈에서 굵은 눈물방울이 뚝뚝 떨어졌다. 그런 은비를 보면서 소녀는 마음을 고쳐먹었다. 윤재도 좋아한다고 말해놓고 그 새를 못 참고 은비에게 끌렸다. 그런 애를 마음에 두고 싶지 않았다. 무엇보다 소녀에게는 은비가 먼저였다.

"아니야. 됐어."

소녀는 싱긋 웃었다.

"윤재 마음이 그 새 바뀌었나 보네. 너랑 더 얘기가 잘 통하기도 했잖아. 어쩌면 나보다는 네가 윤재랑 더 잘 어울려."

"잘못했어."

은비 눈에서 눈물이 멈추지 않았다.

"뭘 잘못해. 그만 울어. 바보같이. 우린 단짝이잖아."

은비는 손등으로 눈물을 닦았다.

"고마워. 나 밉지?"

"밉기는……. 잘 사귀어 봐. 내 걱정은 마. 남자는 널렸잖아."

소녀와 은비는 두 손을 꼭 잡고 마주보며 새콤달콤하게 웃었다.

6
불타오르는 검은 마력

은비는 윤재와 사귀는 사이가 되었다. 둘은 잘 어울렸고, 시샘이 날 만큼 좋아 보였다. 은비는 윤재와 있을 때 기쁨을 감추지 못했다. 좋아하는 마음이 얼굴과 몸짓에 숨김없이 드러났다. 은비는 늘 기쁨에 들떴지만 소녀가 눈에 띄는 곳에선 겉으로 드러내지 않으려고 애썼다. 소녀도 은비와 윤재가 같이 있으면 마음이 쓰여서 못 본 척했다.

은비가 윤재와 사귄 뒤에도 은비와 소녀는 단짝으로 지냈지만, 함께 어울리는 시간은 점점 줄었다. 안타까웠지만 소녀는 어쩔 수 없는 일로 받아들였다. 은비와 윤재 사이에 되도록 끼고 싶지 않았고, 같이 있게 되면 되도록 빨리 자리를 옮겼다. 제대로 사귄 사이는 아니지만 한때 마음이 설레던 윤재와 같은 자리에 있고 싶지 않았다. 괜히 끼면 은비 얼굴을 보기가 멋쩍었다.

윤재는 소녀와 눈도 마주치지 않으려고 했는데 가끔 소녀를 바라보는 눈빛에서 미움이 묻어났다. 그런 눈빛을 마주할 때마다 소녀는 힘들고 괴로웠다. 며칠 기다려달라는 말이 윤재를 그렇게 힘들게 했을까? 소녀는 은비 말대로 했을 뿐이다. 은비가 한 말은 곧 윤재가 한 말이었고, 소녀는 윤재가 바라는 대로 했다. 윤재가 바라는 대로 했는데 그 때문에 힘들고, 그 때문에 소녀를 미워하게 되다니 정말 모를 일이었다. 처음엔 정말 알 수가 없었지만, 곰곰이 생각해 보니 윤재 마음을 알 듯했다.

사람이 말로는 이래저래 해도 막상 닥치면 전혀 다르게 생각하거나 움직일 때가 있다. 윤재는 좋아한다고 말해놓고 며칠 기다릴 때 설레면서 떨리리라고 어림잡아 헤아렸겠지만, 막상 일을 당하고 보니 전혀 다른 느낌이어서 어찌할 바를 몰랐을지도 모른다. 기다릴 때는 설렘과 떨림보다는 걱정이 더 컸을지도 모른다. 걱정에 잠겨 소녀 단짝이자 말동무인 은비에게 속마음을 털어놓았을 테고, 속마음을 나누다 보니 멀리 떨어진 소녀보다 가까이 있는 은비에게 마음이 끌렸을지도 모른다. 남자를 사귀어 본 적이 없어서 소녀는 제 생각이 꼭 맞는다고 여기지는 않았지만 얼추 맞는 듯했다.

소녀는 그렇게 애써 흔들리는 마음을 다독였고 은비와 윤재 사이를 참마음으로 기뻐하고 밀어주었다. 소녀가 둘 사이를 참마음으로 기뻐하니 멋쩍어서 윤재 사이에 있던 일을 잘 말하지 않던 은비도 점점 윤재와 있었던 일들을 즐겁게 털어놓았다.

"22일 되는 날에 받은 선물이 뭔 줄 알아? 윤재 손으로 만든 초콜릿이었어. 사진 볼래? 정말 예쁘지. 남자애가 어쩜 이렇게 멋진 초콜릿을 만드니……. 멋있지? 정말 멋있지?"

"그러게, 제빵사 뺨친다."

소녀는 마음으로는 시샘이 날 만큼 부러웠지만 꼭꼭 감추고 겉으로는 기쁜 척 맞장구쳤다.

"50일 되는 날에 받은 장미꽃다발 사진 예쁘지? 글쎄 장미꽃다발을 제 손으로 만들었대. 난 돈 주고 산 줄 알았는데 아니래. 인터넷으로 만드는 법을 익혀서 손으로 일일이 다듬어서 만들었대. 가시에 손도 몇 번 찔렸다면서 보여주는데 가슴이 찡했어. 달콤한 케이크도 받았는데 혀가 녹는 줄 알았어."

"정말 좋겠다. 케이크도 제 손으로 만들었대?"

"히히, 그러면 좋겠지만, 케이크까지 만들 솜씨는 아니야. 걔는 제빵사가 아니잖아."

"암튼, 참말로 부럽다."

소녀는 참마음으로 은비와 기쁨을 나누었다. 소녀는 둘 사이를 있는 그대로 받아들였고, 윤재에게 품었던 애틋함도 거의 잊히면서 점점 둘을 아무렇지 않게 지켜보기에 이르렀다. 윤재가 소녀를 보는 눈빛에도 미움이 사라지면서 셋 사이에 흐르던 거북함은 시나브로 사라졌다.

은비와 윤재는 어느새 100일이 가까워졌다. 소녀는 둘 사이가 더 잘 되기를 바라는 마음에 선물을 해주고 싶었다. 무얼 살까 한참 망설이던 소녀는 마음으로 선물을 고른 뒤에 둘이 사귄지 99일째 되는 날 선물을 사러 나갔다. 이미 마음으로 선물을 골랐으므로 선물은 나가자마자 샀다. 그대로 돌아올까 하다가 모처럼 혼자 놀러 나온 기쁨을 만끽하려고 이곳저곳을 둘러보며 눈으로 멋진 옷들과 치렛감들을 살폈다. 살 마음이 없으면서도 일부러 옷을 입어보고, 귀걸이를 대보고, 목걸이를 걸어보고, 팔찌를 차 봤다. 하이힐도 신어보고 맛보기로 주는 화장품도 발라봤다. 거울에 비친 낯선 제 모습에 낄낄거리며 웃기도 했다.

거울을 보며 입술에 진한 빨간 립스틱을 바를 때였다. 누군가 소녀를 살짝 건드렸다. 소녀는 립스틱을 바르다 말고 뒤를 돌아봤다. 뒤에 선 사람을 보고는 화들짝 놀란 소녀는 얼른 립스틱을 내려놓고 손등으로 입술을 닦았다.

"립스틱이 번졌네. 닦으려면 제대로 닦아."

윤재가 피식 웃으며 말했다.

소녀는 얼굴이 빨개짐을 느끼고는 거울을 보며 서둘러 입술을 닦았다.

"선물 사러 나왔어. 둘이 100일이라……."

입술을 깨끗하게 한 뒤에 소녀가 머뭇거리며 말했다.

"고마워. 나도 왜 나왔는지는 알지?"

소녀는 말없이 고개를 끄덕였다.

"네가 뭘 샀는지 알면 재미없겠지?"

이번에도 소녀는 그냥 고개만 끄덕였다.

"즐겁게 시간 보내는데 내가 훼방꾼 노릇을 했네. 미안! 난 갈게."

"그래."

소녀는 가볍게 손을 흔들었다.

윤재는 빙그레 웃고는 몸을 돌렸다. 한 걸음 옮겼다. 둘째 발자국을 떼려다 멈칫하더니 소녀 쪽을 다시 봤다. 잠깐 머뭇거리더니 윤재가 입을 열었다.

"너 좋아하는 남자랑은 안 됐나 보네."

윤재는 100일이나 묵혀두었던 말을 드디어 소녀에게 던졌다.

윤재가 던진 말은 내가 바라던 말이다. 좋은 일만 일어나던 지루한 날들이 끝나고 드디어 재미난 일이 펼쳐지려고 한다.

"좋아하는 남자? 너… 나 놀리니?"

소녀는 눈을 치켜떴다.

"그렇게 무섭게 째려보지 마. 난 그냥 은비가 했던 말이 생각나서 물었을 뿐이야."

윤재는 어깨를 으쓱하며 손사래를 쳤다.

소녀는 골이 났다. '좋아하는 남자'라니……. 그 좋아하는 남자, 아니 좋아했던 남자가 윤재임을 모르고 저 따위 말을 할까? 아무리 생각해도 윤재가 소녀를 놀리려고 한 말로만 들렸다.

"은비가 뭐라고 했는데 나한테 그런 말을 해?"

소녀는 골이 잔뜩 난 말투로 윤재를 몰아세웠다.

소녀가 곱지 않은 말투를 쓰니 윤재도 골이 났다. 윤재도 눈을 치켜떴다.

"칫, 그때는 좋아하는 남자가 따로 있다고 해 놓고 이제 와서 발뺌이냐."

그때, 소녀 머리에 어떤 생각이 빠르게 떠올랐다 사라졌다. 번개처럼 떠올랐다가 바람처럼 스쳐간 생각이었지만, 소녀는 번개보다 빠르게 그 생각을 잡아챘다. 윤재와 틀어질 때부터 뭔지 모르게 찜찜했다. 애써 마음에 두지 않았지만 그 찜찜함은 소녀 안에 알게 모르게 어둠을 만들어냈다. 소녀 안에 자리한 마력은 어둠을 놓치지 않고 머금으며 때를 기다렸다. 때마침 윤재가 던진 말은 소녀 안에 웅크리던 찜찜함을 불쑥 깨웠다.

'좋아하는 남자가 따로 있다'는 말은 윤재가 지어낼 수 없는 말이다. 누군가가 한 말이고, 그렇다면 그 말을 할 사람은 뻔하다.

"은비가 나에 대해서 뭐라고 했어?"

소녀가 윤재를 다그쳤다.

무언가 안 좋은 느낌이 든 윤재는 뒷걸음질치며 손을 휘저었다.

"됐다. 됐어! 그냥 내가 허투루 한 말이야."

윤재는 서둘러 몸을 돌리며 첫 걸음을 뗐다.

"멈춰!"

소녀가 말했다. 윤재가 둘째 걸음을 떼려 했지만 발이 떨어지지 않았다. 무언가 알 수 없는 센 힘이 두 발을 붙잡고 놔주지 않았다.

"나를 봐!"

윤재 몸이 소녀 쪽으로 틀어졌다. 윤재 뜻이 아니었다. 알 수 없는 어떤 힘이 윤재를 붙잡아 돌려세웠다.

"똑바로 말해."

소녀가 매섭게 말했다.

윤재는 온 몸이 딱딱하게 굳어갔다. 윤재 앞에 선 소녀는 여느 때 보던 소녀가 아니었다. 착하고 부드럽게만 했던 소녀가 아니었다. 얼굴엔 사납고 모진 기운이 서렸고, 눈에는 미움이 일렁였다. 소녀 눈에는 흰 빛이 사라지고 검은 빛만 가득했다. 윤재 입술이 저도 모르게 덜덜 떨렸다. 윤재는 어찌된 까닭인지 모르지만 있는 그대로 말하면 안 된다는 생각이 세차게 일어나 저절로 열리려는 입을 앙다물었다. 제가 한 말 때문에 무언가 엄청나게 나쁜 일이 일어날 듯했다. 입을 열고 싶지 않았다. 아니 결코 말하면 안 되겠다고 버텼다.

"말해! 은비가 너한테 나에 대해 뭐라고 했는지!"

소녀 몸에서 검은 빛이 스멀스멀 밀려나오더니 한 줄기가 윤재 쪽으로 흘러갔다. 윤재는 벌벌 떨면서도 어떻게든 입을 안 열려고 버텨보았지만, 윤재에게는 소녀에게 맞설 만한 힘이 없었다. 검은 빛은 윤재 코로 스며들었고 윤재는 저도 모르게 입을 열고 말았다.

"내가 너에게 내 마음을 밝히려고 할 때마다 은비는 서둘지 말라면서 기다리라고 했어. 너한테 나에 대해 좋게 말하고 있으니까 때가 되면 일러주겠다고 했어. 기다리고 기다리다 참지 못하고 어느 날 내가 말하겠다고 했지. 은비도 차마 말리지 못하고 그러라고 했어."

윤재가 좋아한다고 말하려고 한다는 은비 말이 떠올랐다. 그러고서 은비가 덧붙였던 말도 떠올랐다.

"너, 남자가 여자한테 좋아한다고 말할 때 여자가 바로 말하면 싫다고 은비한테 말한 적 있어?"

소녀 안에 미심쩍은 어둠을 만들어냈던 말이 진짜 윤재가 한 말인지 알고 싶었다. 소녀가 가장 궁금했던 점이었다.

“무슨 소리야? 난 그런 말 한 적 없어.”

윤재는 머리를 세차게 흔들었다.

“좋아한다고 말하는데 바로 말하면 쉬운 사람이란 생각이 든다고 하지 않았어?”

“다른 사람한테 들은 말 아니야?”

윤재는 도리어 소녀에게 물었다.

“기다리는 동안 떨리면서 설레서 좋다고 하지 않았어?”

“힘들게 말했는데 기다리라고 하면 애타고 조마조마하지, 누가 설레겠어? 난 그런 말 한 적 없어.”

소녀는 입술을 지그시 깨물었다. 모두 은비가 꾸며낸 말이라니 속이 부글부글 끓었다.

“내가 며칠 기다리라고 한 사이에, 은비가 너한테 어떻게 했어?”

“바로 다음 날 은비가 나에게 와서 네 말이라면서 전했어.”

“뭐라고 했는데?”

“내가 싫지는 않지만 사귀고 싶은 마음은 없다고. 그리고 네가 좋아하는 남자는 따로 있다고.”

윤재 말을 들으면 들을수록 소녀 안에서 은비를 미워하는 마음이 커졌다.

“크게 가슴 아팠지만 물러서지 않겠다고 했어. 그러기엔 내 가슴에 타오르는 사랑이 바다처럼, 하늘처럼 컸으니까."

사랑이란 낱말이 소녀를 아프게 후벼 팠다.

"은비가 너한테 말한다고 했어. 그 다음 날 어쩔 줄 모르는 낯빛으로 네 말이라며 전했는데⋯⋯."

그때 소녀는 은비와 말을 나누지 않았다. 은비와 이야기하고 싶었지만 은비는 바쁘다면서 소녀를 만나주지 않았다.

"은비가 뭐라고 했는데?"

"귀찮게 치근덕거리지 말라고 했어. 좋아하는 남자가 따로 있는데 네가 거추장스럽게 굴면 짜증난다고. 그 말을 듣고 미치는 줄 알았어. 나는 너도 나를 얼마만큼은 좋아한다고 믿었는데, 나를 거추장스럽게 여기다니, 귀찮게 구는 놈으로 여기다니 몹시 슬펐어. 그때 얼마나 펑펑 울었는지 몰라. 울다가 소리를 지르다가⋯⋯. 미친놈처럼 굴었어. 그때 은비가 따뜻하게 나를 다독여 줬고, 그 덕분에 겨우 마음을 추스렸어. 은비는 틈날 때마다 나를 따뜻하게 대했고, 며칠 그렇게 지내고 나니 은비가 저절로 좋아졌어. 내가 마음을 추스를 때쯤 은비가 나를 좋아한다고 말했고. 나도 받아들였어."

온 몸이 떨렸다. 생각할수록 은비가 미웠다. 은비가 윤재를 차지해서가 아니었다. 만약 은비가 윤재를 좋아하는 마음을 터놓고 말했으면 소녀는 은비가 윤재와 사귀도록 밀어 줄 뜻이 있었다.

일부러 윤재에게 나쁘게 보여서 은비가 바라는 대로 둘이 맺어지도록 해줄 수도 있었다. 그러나 은비는 처음부터 끝까지 소녀와 윤재를 속였다. 윤재 눈길을 느꼈다고 말한 바로 그때부터 은비는 소녀를 속였다. 처음부터 딴마음을 먹고 소녀가 윤재 참마음을 알아보지 못하게 가로막았다. 소녀뿐 아니라 윤재도 속였다. 못된 마음은 감추고 착한 척하며 둘이 맺어지지 못하게 했다. 어쩌다 보니 한 거짓말이 아니었다. 처음부터 끝까지, 속마음을 감추고 소녀를 위하는 척하며 제가 얻고 싶은 남자를 차지했다. 단짝으로 여겼는데, 누구보다 가까운 사이라 여겼는데, 속마음까지 다 털어놨는데, 은비는 남자 하나 때문에 모든 믿음을 저버렸다. 그깟 남자가 뭐라고!

소녀는 윤재를 보내주고 은비를 만나러 갔다. 아무리 참으려 해도 참을 수가 없었다. 불타오르는 미움을 어떻게든 내보내야 했다. 넘치는 미움을 그대로 두었다가는 저질러서는 안 될 일을 저지를지도 모른다는 두려움이 일었다. 은비 집 앞으로 갔다. 전화로 불러냈다. 은비는 처음에는 싫다고 하다가 소녀가 꼭 나오라고 다그치자 어쩔 수 없이 밖으로 나왔다. 소녀는 사람이 다니지 않는 구석진 곳으로 은비를 끌고 갔다.

"윤재한테 들었어. 네가 나에 대해 윤재한테 어떤 말을 했는지 다 들었어."

소녀가 매섭게 쏘아붙였다.

"뭔 말이야."

은비는 아무것도 모르는 척 발뺌했다.

"윤재가 나한테 다 털어놨어. 네가 나와 윤재 사이에서 어떤 짓을 했는지 다 말했다고. 그래도 발뺌할래?"

"너 갑자기 왜 이래? 무슨 말을 들었는지 모르지만 참말이 아니야. 나 못 믿니?"

은비는 착한 낯빛을 바꾸지 않았다.

은비가 착한 척 할수록, 아무것도 모르는 척 할수록 미움은 더 사납게 부풀어 올랐다.

"끝까지 거짓말 할래? 사귀자는 말 들었을 때 생각할 시간을 달라고 해야 윤재가 좋아한다고 거짓말하고, 내가 윤재 말고 따로 좋아하는 남자가 있다고 윤재에게 거짓말하고, 그러고도 뻔뻔스럽게 윤재와 사귀면서 나한테 자랑하고, 어떻게 그따위 짓을 해? 사람이 어쩜 그렇게 못됐어? 넌 내 단짝 아니었어?"

소녀가 매섭게 말했지만 은비는 끝까지 시치미를 뗐다.

"내가 하지도 않은 짓을 했다고 몰아붙이지 마! 난 거짓말 한 적 없어."

소녀는 더는 참지 못하고 냅다 소리를 질렀다.

"야~!"

소리가 워낙 컸기 때문에 은비는 움찔하며 뒤로 한 걸음 물러섰다.

"소리 지르지 마!"

은비도 지지 않고 소리를 질렀다.

"너 얼마나 짜증나는지 알아? 윤재는 내 남자친구야. 네가 옛날에 좋아했든 어쨌든 이제는 내 남자친구라고. 내가 그렇게 부럽니?"

만약 은비가 윤재를 좋아하는 마음에 이끌려서 어쩔 수 없이 그랬노라고, 친구로서 못할 짓을 했노라고, 내가 잘못했노라고 말했다면 소녀는 그냥 넘어가려 했다. 노엽기는 했지만 단짝인 은비를 끝까지 몰아붙이고 싶지는 않았다. 좋아하다 보면 물불 안 가리고 남자를 차지하려고 달려들 수도 있다고 생각했다. 드라마에서나 볼 만한 일이긴 했지만 삶에서도 그런 일이 일어날 만하다고 생각했다. 그런데 은비는 잘못했다고 말하기는커녕 도리어 소녀를 못된 애로 쏘아붙였다. 그런 은비 태도에 소녀는 더 부아가 치밀었지만 꾹꾹 눌렀다. 소녀도 모르게 튀어나오려는 저주를 애써 억눌렀다. 안타깝게도, 나에겐 좋은 일이지만, 은비는 그런 소녀 마음을 알아채지 못했다. 그 바람에 결코 해서는 안 될 말을 내뱉고 말았다.

"내 남자친구를 그렇게 가로채고 싶니? 네가 가지지 못하니까 미치겠지? 빨리 헤어질 줄 알았는데 100일씩이나 되도록 헤어지지도 않고 잘나가니까 부러워? 그래서 우릴 깨려고 이렇게 미친 짓을 하니?"

은비는 빈정거렸다. 입가에 비웃음이 가득했다.

그 빈정거림이, 비웃음이 소녀가 애써 몸 안에 가둬두었던 미움을 터트리고 말았다. 더는 어떻게 할 수가 없었다. 가녀린 소녀 몸 안에 가둬두기엔 은비를 향한 미움이 너무나 컸다.

"이~이~이~ 그르륵~그르륵~!"

손톱으로 목청을 긁는 소리가 났다.

"네가 아무리 그래봤자……."

은비는 소녀를 더 힘껏 짓눌러주려다 말을 잇지 못했다. 소녀 눈을 보았기 때문이다. 흰 빛이 사라진 눈은 검다 못해 붉은 기운을 띠었다. 머리카락은 중력을 거스르고 하늘로 치솟았다. 입술은 핏빛으로 물들더니 핏물이 스멀스멀 흘렀다. 대낮임에도 해가 빛을 잃어가며 소녀와 은비가 선 곳이 어둠에 묻혔다.

은비는 두려움에 뒤로 물러서려고 했지만 발이 떨어지지 않았다. 은비 머리에 초등학교 6학년 때 노만길 선생과 상담실에서 있었던 일이 스쳐지나갔다. 은비는 제가 내뱉은 말을 주어 담고 싶었지만 때는 늦었다.

"넌 믿음을 저버린 쓰레기야! 쓰레기는 쓰레기로 다뤄야 해. 네가 믿는 모든 사람에게 쓰레기처럼 버려지고 짓밟혀 버려! 살아가는 내내 겪을 수 있는 아픔이란 아픔은 모조리 겪어! 내 눈앞에서 꺼져! 죽을 때까지 내 앞에 나타나지 마!"

검붉은 빛이 휘몰아쳤다. 빛을 집어삼킨 어둠이 모조리 은비에게 몰려들었다. 은비는 무서움에 짓눌려 돌처럼 굳었다. 검붉은 빛이 은비 몸 곳곳으로 스며들었다. 머리, 눈, 코, 귀, 입, 목, 팔, 다리를 가리지 않았다. 온몸으로 파고들었음에도 검붉은 빛이 너무 많았기 때문에 다 빨려 들어가는데 꽤 오랜 시간이 걸렸다. 검붉은 빛이 모두 은비 몸으로 들어가자 소녀 눈빛은 처음처럼 돌아왔고, 머리카락도 제자리를 찾았으며, 빛도 제 갈 길을 갔다.

무시무시한 저주를 뿜어낸 소녀는 뒤도 돌아보지 않고 자리를 떴다. 소녀가 간 뒤에도 한동안 은비는 꼼짝을 못했다. 돌처럼 굳어가던 몸이 풀려감에 따라 방금 본 모습이 진짜가 아니라는 생각이 들면서 무서움이 시나브로 가라앉았다. 은비가 그 자리를 뜰 때쯤에는 소녀가 쏟아낸 저주를 그저 거친 욕이라고 받아들였다.

은비에게는 안됐지만 소녀가 한 말은 그냥 욕이 아니었다. 그 어떤 마력보다 센 무시무시한 마력이었다. 묵혀둘수록 힘은 커진다. 노만길 선생 일이 있은 뒤 2년이나 쓰지 않았던 마력이 한꺼번에 터져 나오니 그 힘은 나도 깜짝 놀랄 만큼 엄청났다. 심심하던 소녀 삶은 다시 거센 소용돌이 속으로 휘말려 들었다.

(내가 바라던 대로)

7
저주는 피를 먹고 자란다

초등학교 때, 저주를 퍼붓고 나면 소녀는 꼭 다쳤다. 넘어져서 긁히거나 다리를 삐었고, 심하면 피를 보기도 했다. 그런데 은비에게 저주를 내린 뒤에는 여느 때와 달리 소녀에게 아무런 일이 일어나지 않았다. 은비에 대한 미움과 노여움에 휩싸여 제가 뭐라고 말했는지조차 알아차리지 못했다. 그렇다고 저주가 이루어지지 않았냐 하면 그렇지는 않았다. 소녀가 전혀 다치지 않았음에도 저주는 그 어느 때보다 무시무시한 힘으로 은비를 짓이겨 나갔다.

소녀가 저주를 내린 바로 다음 날은 은비와 윤재가 사귄 지 100번째 되는 날이자 일요일이었다. 서로 만나려고 집을 나서는 때부터 은비와 윤재는 무언가 찜찜했다. 어제 소녀를 만나 겪은 일이 머리에 남기는 했는데 진짜인지 가짜인지가 헷갈렸다. 소녀가 뿜어낸 힘이 워낙 세서 뇌마저 뒤흔든 탓에 머릿속이 뒤죽박죽이었다.

무언가 찜찜하긴 했지만 무엇 때문에 찜찜한지는 모른 채 윤재와 은비는 100일을 함께 보내려고 만났다. 처음은 괜찮았다. 선물을 나누고, 맛있는 점심을 먹었다. 점심을 먹고 영화를 봤다. 영화는 한 남자와 두 여자 사이에 일어난 사랑을 다루었다. 두 여자는 한 남자를 두고 다투었는데 한 여자는 착하고 한 여자는 나빴다. 처음에 착한 여자와 남자가 사귀었는데 나쁜 여자가 착한 여자를 몰아내고 남자를 차지했다가, 나중에는 다시 착한 여자가 남자와 맺어진다는 그렇고 그런 뻔한 줄거리였다. 영화를 보는 내내 둘은 찜찜함을 느끼면서도 무엇 때문에 찜찜한지는 알지 못했다.

영화를 보고 나오다가 윤재가 저도 모르게 은비에게 말을 툭 던졌다.

"어째 우리랑 비슷한 이야기 같지 않냐?"

윤재 말을 들은 은비가 발끈했다.

"우리라니? 왜 저 영화가 우리 얘기야? 너 설마 아직도 걔 좋아하니?"

은비가 내뱉은 '아직도'란 말이 윤재를 건드렸다.

"뭔 소리야? 너 나 못 믿어?"

윤재가 못마땅하게 말했다.

"그런데 왜 그따위 말을 해?"

은비 목소리가 점점 올라갔다.

"우리랑 비슷하다는 말이 뭐가 어때서? 너 뭐 양심에 찔리는 일이라도 있어?"

윤재도 물러서지 않았다.

"여기서 내 양심이 왜 나와? 네가 아직 걔 좋아하니까 그런 말을 나한테 함부로 하지."

은비는 윤재를 찌르는 말을 거둬들이지 않고 마구잡이로 휘둘렀다.

"너야말로 함부로 말하지 마!"

윤재는 꼬박꼬박 대꾸했다.

"아~ 개짜증!"

은비가 내뱉었다.

"개짜증! 개짜증? 여자가 어떻게 그따위 말을 하냐?"

윤재가 날카롭게 소리쳤다.

"짜증나니까 개짜증이라고 하지. 그 말이 뭐 어때서? 여자는 그런 말 하면 안 돼? 이제 내 말까지 꼬투리 잡니? 걔한테 가고 싶어서 아주 안달이 났구나."

은비 말이 점점 막장으로 치달았다.

"너야말로 나 말고 딴 남자 생겼어? 왜 나를 보내지 못해 안달이야?"

윤재도 은비 못지않게 마구잡이로 못된 말을 퍼부었다.

"야~!"

은비가 소리쳤다. 영화를 보고 나오던 사람들이 깜짝 놀라 쳐다봤다.

"입 닥쳐! 쪽팔리게!"

윤재도 소리를 질렀다. 둘을 보며 이 사람 저 사람이 쑥덕거렸다.

윤재를 한참 노려보던 은비는 토라져서 막무가내로 혼자 빠르게 걸어갔다. 잠깐 어찌할 바를 모른 채 은비 뒤통수를 노려보던 윤재는 입을 씰룩이더니 곧이어 뒤쫓았다. 뒤를 쫓아간 윤재가 은비 손을 붙잡았지만 은비는 세차게 뿌리쳤다. 잡으면 뿌리치고, 잡으면 뿌리치기를 거듭했다. 은비가 사람들이 잘 안 다니는 계단으로 내려가자 윤재도 끝까지 쫓아갔다.

윤재가 다시 손을 잡았는데 은비가 또 뿌리쳤다. 윤재는 더는 참지 못하고 두 손으로 사납게 은비 팔뚝을 움켜잡았다. 은비가 뿌리치려고 했으나 윤재 힘을 이겨내지 못했다.

"놔! 빨리 놔! 안 놔?"

은비가 몸을 뒤틀었으나 윤재는 손을 놓지 않았다. 참다못한 은비는 있는 대로 욕을 퍼부었다. 은비가 욕을 하자 노여움이 머리

끝까지 치민 윤재가 은비 뺨을 때렸다. 뺨을 맞은 은비는 윤재에게 발길질을 했고, 윤재는 더 세게 은비를 때렸다. 둘이 치고 박고 싸울 때 검은 빛이 두 사람 머리 위에 감돌았다. 검은 빛은 싸움이 사나워질수록 짙어졌다. 소녀가 내린 저주가 검은 빛이 되어 싸움을 부추긴 줄도 모른 채, 둘은 있는 힘껏 치고받으며 싸웠다.

지나가던 사람들이 윤재와 은비를 말리지 않았다면 끔찍한 일이 벌어질 수도 있었다. 사람들이 뜯어 말린 뒤에야 둘은 싸움을 멈췄다. 주고받았던 선물은 찢어지고 깨져서 쓰레기가 되었다. 은비는 상처투성이가 되어 집으로 갔고, 윤재는 제가 벌인 일에 스스로 놀라 어찌할 바를 모르며 한밤중까지 거리를 쏘다녔다.

다음 날, 학교는 발칵 뒤집혔다. 윤재와 은비가 영화관 계단에서 싸우는 모습이 찍힌 동영상이 SNS를 타고 빠르게 퍼졌기 때문이다. 지나가던 사람이 찍은 동영상이었는데 동영상 이름은 '어린 연인들이 벌인 무시무시한 싸움'이었다. 동영상을 본 사람이 수십만 명이었고, '좋아요'가 수만 개 눌리고, 댓글도 수천 개나 달렸다. 얼굴을 모자이크로 가리긴 했지만, 윤재 얼굴이 아주 잠깐 제대로 안 가려지고 드러나면서 싸우는 두 사람이 누군지 알 만한 사람은 다 알아버렸다.

은비는 학교에 오지도 않았고, 윤재는 교무실로 불려간 뒤에 다시는 교실로 돌아오지 않았다. 며칠 뒤 은비는 학교를 아예 그만

두었고, 윤재는 강제 전학을 당했다. 그 사이 아무도 은비와 윤재 얼굴을 보지 못했다. 소녀는 은비가 사라지자 앓던 이를 뺀 듯 시원했다. 은비도 미웠지만 윤재도 꼴 보기 싫었던 소녀였기에 윤재까지 없어지자 더없이 기뻤다. 기쁘기는 했지만 까닭 모를 꺼림칙함이 뭉글뭉글 피어났다. 소녀는 제가 지닌 마력을 다 알지는 못했지만, 저주를 퍼붓고 나면 속이 시원하고 저주를 내린 대로 일이 이루어지기도 한다는 점은 어렴풋이 알았다. 물론 제 몸 안에 마력이 깃들었다고 믿지는 않았다. 어쩌다 보니 일이 말대로 된다고 여길 뿐이었다. 잘 알지는 못했지만 남에게 미움을 쏟아내고 나면 꼭 다쳤기 때문에, 은비와 윤재에게 저주를 내리고도 손끝하나 다치지 않으니 무언가 꺼림칙했다. 소녀는 윤재와 은비가 사라진 뒤, 시원함과 찜찜함이 뒤엉키다 보니 마치 조울증 환자처럼 마음이 오락가락했다.

점심을 먹고 지겨운 5교시 과학수업을 겨우 버틴 뒤, 어두운 교실에서 잠깐 눈을 붙이려는데 담임이 문을 시끄럽게 열고 들어왔다. 담임이 불을 켜자 잠을 자려던 애들이 곳곳에서 투덜거렸다. 소녀는 졸음이 쏟아져서 담임이 오든 불이 켜지든 마음에 두지 않고 잠을 자려고 했는데 담임이 소녀에게 다가왔다.

"빨리 가방 싸서 나와라."

담임 목소리에서 팽팽한 떨림을 느낀 소녀는 잠이 확 달아났다.

무슨 일인지 물었지만 담임은 가방을 서둘러 싸라고만 할 뿐 다른 말은 하지 않았다. 무언가 좋지 않은 일이 일어난 듯했다. 가방을 싸는 소녀 손이 몹시 떨렸다. 가방을 싼 소녀는 힘들게 마음을 다스리면서 담임을 따라갔다. 담임은 소녀를 이끌고 서둘러 주차장으로 갔다. 주차장에 택시 한 대가 있었다.

"선생님! 무슨 일인지는 말씀해 주서야죠."

소녀는 떨림을 애써 감추며 물었다.

담임은 택시 기사에게 뭐라고 말한 뒤에 소녀를 돌아봤다.

"놀라지 마라! 네 아빠가 차를 타고 가다가 다치셨대."

아빠가 다쳤다는 말을 듣자마자 소녀는 어쩐지 일어날 일이 일어났다는 생각이 들었다. 아빠가 다쳤다는 말을 들었을 때 소녀 머리에 처음 떠오른 얼굴은 아빠가 아니라 은비였다. 소녀도 왜 은비가 떠올랐는지는 알 수 없었다. 은비가 먼저 떠오른 까닭을 어렴풋하게 알 듯했지만 뚜렷하진 않았다. 조금만 더 생각을 깊이 했더라면 소녀는 이 모든 일이 왜 일어나고, 어떻게 얽혔는지 알아냈겠지만 아빠가 크게 다쳤을지 모른다는 걱정 때문에 더 깊이 파고들지 못했다.

소녀는 담임 손에 이끌려 택시에 올랐다.

"병원에 가면 전화해라. 너무 걱정하지는 마. 괜찮으실 테니까."

담임은 소녀에게 택시비를 쥐어주며 소녀를 달랬다.

택시는 아주 빠르게 병원으로 달렸다. 택시 기사는 가끔 교통신호도 어겼다. 소녀는 아빠가 다친 일이 저 때문이라고 생각했다. 왜 그런지 모르지만 제 잘못으로 아빠가 다쳤다고 생각했다. 택시를 타고 가는 내내 '나 때문이야', '나 때문이야'란 말을 중얼거리며 안절부절못했다.

학교에서 떠난 지 20여분 만에 소녀는 큰 병원 앞에 내렸다. 택시에서 내리자마자 곧장 병원 응급실로 뛰어갔다. 응급실에서 아빠 이름을 대니 수술실로 방금 들어갔다고 말해주었다. 소녀는 간호사가 알려주는 수술실 쪽으로 뛰어갔다. 수술실 앞 대기실에 엄마가 무릎에 얼굴을 파묻고 앉아 계셨다. 소녀는 엄마를 보자마자 엄마 품에 그대로 안겼다.

엄마는 붉어진 눈으로 소녀를 끌어안았다. 엄마 품에 안긴 소녀는 하염없이 눈물을 흘렸다. 수술실이 바로 옆이라 소리 내어 울면 안 된다는 생각에 숨죽여 울었다. 엄마는 소녀 등을 어루만지며 말없이 소녀를 달랬다. 엄마 어깨가 촉촉하게 젖어 들 때쯤 소녀는 울음을 멈췄다. 소녀는 엄마 손을 꼭 잡고 엄마 옆에 앉았다. 소녀와 엄마는 말없이 오랫동안 기다렸다. 기다리는 내내 손을 놓지 않았다. 한참 시간이 흐른 뒤에 간호사가 엄마를 찾았다. 몇 마디 말을 나눈 뒤 엄마와 소녀는 수술을 다 받은 아빠가 있는 병실로 갔다.

병실 문을 열고 들어갔다. 아빠는 막 수술실에서 돌아와 누워 있었다. 눈이 퉁퉁 부어서 들어간 소녀와 달리 아빠는 환하게 웃으며 아내와 딸을 맞이했다. 아빠는 오른쪽 다리와 오른쪽 팔에 깁스를 했다. 아빠가 웃으니 걱정으로 가득했던 소녀 마음이 많이 풀어졌다. 그러면서 아빠에게 와락 안겨서 펑펑 울었다.

"아빠 걱정을 많이 했나 보네. 그냥 다리 부러지고 팔 부러졌을 뿐이야. 뒷자리에 앉았는데 교차로에서 다른 차가 와서 들이받았지 뭐야. 그 바람에 오른쪽만 다쳤어. 어이구, 그만 울어! 아빠 크게 안 다쳤어."

아빠가 다치지 않은 왼손으로 소녀를 어루만지며 아무리 소녀를 달래도 소녀는 울음을 멈출 수가 없었다. 제 탓에 아빠가 다쳤다는 생각이 가시지 않았기 때문이었다.

"아빠가 왜 너 때문에 다쳤겠니? 신호 제대로 안 보고 달린 운전자 때문이지 너 때문이 아니야. 어이구, 우리 딸이 아빠를 이렇게 걱정하고 사랑했다니……. 다치길 잘했다는 생각이 처음으로 드네. 하하하."

아빠가 워낙 구김 없이 웃고 괜찮다고 한 덕분에 소녀는 걱정이 많이 풀렸다. 아빠는 다친 사람답지 않게 우스갯소리를 많이 했다. 엄마도 웃고 소녀도 웃었다. 가끔 찡그리기도 했지만 아빠는 괜찮아 보였다. 그날 밤 엄마는 아빠 옆에 머물며 간호를 했고 소녀만 늦게 집으로 돌아왔다. 잠자리에 들었지만 소녀는 제대로 잘 수가 없었다. 강아지 코코가 소녀 품으로 파고들었다.

"코코야, 아빠는 괜찮지만 난 안 괜찮아. 아빠 앞에선 괜찮은 척 했지만 꺼림칙함이 가시지 않아. 아빠는 아니라지만 나는 알아. 내가 아빠를 다치게 했어. 딱 부러지게 말할 수는 없지만 느낌이 그래. 옛날에는 코코 너랑 얘기도 많이 했는데, 어느 때부턴지 네 말이 들리지 않네. 휴~ 너랑 말을 나눈다면 그나마 나을 텐데. 너는 나보다 훨씬 똑똑하고 많이 알아서 힘들 때 많이 도움이 됐는데."

코코는 몸을 뒤척이며 소녀 품으로 더 깊이 파고들었다. 소녀는 코코를 꼭 끌어안았다.

"이대로가 끝이 아닌 듯해. 무언가 안 좋은 일이 또 일어날지도 몰라. 그냥 나한테 일어나면 내가 견디고 이겨내면 되는데, 내가 아끼는, 나를 아끼는 누군가에게 안 좋은 일이 생길까 봐 걱정이야. 그러면 어떡하지? 이제 나는 어떻게 해야 할까?"

코코는 아무 말이 없었다. 그저 소녀 품에 안겨 꼬리를 흔들고, 소녀를 핥기만 했다.

다음 날부터 소녀는 아침 일찍 아빠에게 들른 뒤 학교에 갔고, 학교가 끝마치면 아빠에게 들렀다가 저녁 늦게 돼서야 집으로 돌아왔다. 밥은 시골 외할머니가 와서 챙겨주셨다. 교통사고가 난 지 석 달이 지나자 아빠는 튼튼한 몸으로 돌아왔다. 그동안 소녀를 챙겨주던 외할머니는 시골로 다시 가셨고, 소녀네 식구들은 걱정 없이 살던 때로 되돌아갔다.

무언가 안 좋은 일이 일어나리란 걱정은 그냥 걱정으로 그칠 듯했다. 한 해가 갔고, 겨울이 지나고, 다시 봄이 왔다. 소녀는 중학교 3학년이 되었다. 은비 일 뒤로 깊이 사귀는 친구는 없었지만 사이가 나쁜 애들도 없었다. 서로 욕하고 심하게 장난치는 애들은 많았지만 어쩐 일인지 아무도 소녀에겐 그렇게 하지 않았다. 말한 마디라도 곱게 나오지 않는 애들이지만 소녀에게는 좋은 말만 했다. 왜 그런지 소녀도 몰랐고 애들도 몰랐지만 다들 그렇게 했다. 그러다 보니 소녀는 별 탈 없이 보냈고 학교에서 지내는 날들이 아주 즐겁지는 않았지만, 그렇다고 지루하거나 짜증나지도 않았다. 그 또래 애들이 살아가는 대로 그렇고 그런 날들이 소녀 삶을 채워나갔다.

그러다 소녀가 걱정하던 일이자 내가 손꼽아 기다리던 일이 일어났다. 그 일은 3학년 1학기 기말고사가 끝나는 날 벌어졌다. 1학기 마지막 시험이 끝나는 날이다 보니 다들 들떠서 함께 무리지어서 이곳저곳으로 놀러갔다. 금요일이다 보니 내일 쉰다는 생각에 다들 들떴다. 소녀도 어울리는 친구들과 함께 노래방에 가기로 했다. 소녀가 막 버스에 오르려고 할 때 전화가 울렸다. 전화를 받은 소녀는 온몸이 바위처럼 굳어버렸다.

'이런 일이 일어나지 않기를 바랐는데, 또 일어났어. 나 때문에 또 일어났어.'

소녀는 친구들을 보내고 집으로 갔다. 집에 오니 강아지 코코만 소녀를 쓸쓸히 맞이했다. 소녀는 강아지 코코를 꼭 껴안았다. 소리 없는 울음이 눈을 타고 흘러 코코 털을 축축하게 적셨다.

"어쩌면 좋니 코코! 외할머니가 쓰러지셨어. 나 챙겨주러 오셨을 때만 해도 아주 튼튼하셨는데. 코코야! 어떡하면 좋니? 외할머니도 나 때문에 쓰러지셨어. 나는 알아! 왜 그런지 모르지만 나 때문이야! 내가, 내가 ……. 외할머니가 나 때문에 돌아가시면 어떡하지?"

소녀는 뒷말을 잇지 못했다. 무언가 머리에 떠오를 듯 하면서도 떠오르지 않았다. 제 잘못으로 아빠가 다치고 외할머니가 쓰러졌다는 느낌은 들지만, 왜 그런 느낌이 드는지는 흐릿한 안개 속을 헤매 듯 뚜렷하지 않았다. 날이 어둑어둑해질 때까지 소녀는 울고 또 울었다. 울고 또 울어도 눈물이 마르지 않았다.

노을이 지고 샛별이 서녘하늘에 떠오를 때 아빠에게서 전화가 왔다. 외할머니가 돌아가실지도 모르니 전화기를 꼭 옆에 두고 있으라고 하셨다. 엄마가 몹시 힘들어한다는 말도 덧붙였다.

"안방 서랍에 돈 넣어 두었으니까 여기로 내려올 일… 휴~ 그런 일이 없어야겠지만… 내려올 일 생기면 택시 타고 와."

전화를 끊고 소녀는 코코를 안고 또다시 크게 울었다. 서녘하늘 어둠 속으로 넘어가던 샛별에 소녀가 터트린 울음소리에 맞춰 깜빡거리더니 구슬픈 빛을 소녀에게 보냈다.

'그만 울어! 네 잘못이 아니야'

소녀는 따스한 목소리에 울음을 멈추고 두리번거렸다. 소녀에게 말을 걸 사람은 아무도 없었다.

'괜찮아. 네 잘못이 아니야. 울지 마! 네가 울면 내가 무척 슬퍼!'

또다시 목소리가 들렸다. 아무 때 아무 데에선가 들어본 목소리였다. 아주 귀에 익은 목소리였다. 어릴 때부터 많이 들었던 목소리였다. 엄마 목소리만큼 많이 들었던 목소리였다. 소녀는 뒤엉킨 실타래를 풀어헤치듯 옛일을 헤집으며 목소리 임자를 찾았다.

'나야, 나! 나와 넌 오랜 벗이잖아!'

소녀는 눈을 동그랗게 떴다. 가슴에 안긴 코코를 바라봤다.

"코코 너니?"

소녀 목소리가 떨렸다.

'그럼 누구겠어. 네 오랜 벗이지'

코코는 제 털만큼 부드럽게 말했다.

"어떻게 다시 네 목소리가 들리게 됐지? 더는 너랑 말할 수 없을 줄 알았는데."

소녀는 말하면서 저도 모르게 손에 힘이 들어갔다.

'아파! 그렇게 꽉 움켜쥐면'

"아! 잘못했어."

소녀는 코코를 내려놓았다. 코코는 혀로 소녀가 꽉 쥔 곳을 몇 번 핥았다.

'거듭 말하지만 네 잘못이 아니야. 그러니 지나치게 자신을 미워하지 마!'

소녀는 코코 머리를 쓰다듬었다.

"도대체 나에게 왜 이런 일이 일어나는지 모르겠어. 내가 무언가 잘못은 했는데 딱히 무슨 잘못을 했는지는 떠오르지 않아. 어떻게 해야 엉킨 실타래처럼 꼬인 일들이 풀릴까? 어떻게 하면 좋겠니?"

소녀는 코코가 답을 해주리라고 믿지는 않았다. 다만 숨이 막히도록 답답해서 코코에게라도 묻고 싶었을 뿐이었다. 아무에게도 할 수 없는 물음이기 때문이다. 그런데 코코는 소녀가 그토록 궁금하던 점을 알려주었다.

'붉은 보름달이 뜨던 날, 샛별이 환하게 빛나던 새벽녘'

코코 말을 듣자 소녀는 잊고 있던 일이 떠올랐다. 『아토, 신이 된 소녀』, 항아리, 물, 붉은 보름달, 샛별까지 모두 생각났다. 그러나 그 일은 별다르지 않았다. 소녀에겐 늘 벌어지는 일 가운데 하나였다.

"그냥 책에서 읽은 대로 했을 뿐이야. 내겐 흔한 일이었어."

'그렇지 않아. 네가 피로 글씨를 썼잖아'

"그냥 책에 있는 대로……."

'어떤 이름을 썼지?'

물론 그 이름은 잊지 않았다. 어찌된 까닭인지 모르지만 그 이름만은 잊히지 않고 뚜렷이 남았다. 아무 때 아무 데서도 머리에서 떠나지 않고 남아서 꿈틀거리던 이름이 바로 '소율'이었다.

'너는 몰랐지만 나는 봤어. 네가 피로 물 위에 무언가를 하고 난 뒤에 일어난 일을'

소녀는 코코 두 눈을 뚫어져라 봤다. 맑은 눈망울에 제 모습이 비쳤다.

"어떤 일이 일어났어?"

'물이 담긴 항아리에서 환한 빛이 쏟아지더니 방이 짙은 어둠에 잠겼어. 밖에서 빛나던 달빛도 어둠이 버거운지 창문을 넘어오지 못했지. 빛이 단 한 줌도 없는 짙은 어둠이었어'

소녀는 그때를 떠올리려고 해도 도무지 떠오르지 않았다. 핏물로 글씨를 쓴 뒤에 일어난 일은 코코에게 처음 들었다.

'그러다 짙은 어둠이 옅어졌어. 처음엔 그냥 어둠이 사라지는 줄 알았는데, 잘 보니 검은 빛이 모조리 네 몸으로 스며들었어. 네 몸으로 어둠이 모두 스며든 뒤에야 달빛이 다시 창문을 넘어왔고, 너는 항아리 물을 버린 뒤에 하루 내내 잠을 잤지'

소녀는 코코에게 들은 일을 떠올리려고 애썼지만 아무것도 떠오르지 않았다. 짙은 먹구름에 가려 아무것도 보이지 않는 산봉우리에 선 느낌이었다. 코코가 혀로 오른쪽 손등을 핥았다. 소녀는 오른손은 코코가 핥게 두고 왼손으로 코코 머리와 등을 쓰다듬었다. 오른손엔 따스함이 왼손에 부드러움이 가득했다. 따스함과 부드러움은 두 손을 스며든 뒤 팔을 타고 흘러서 온 몸으로 퍼졌다. 따스함과 부드러움이 온몸을 휘감았다. 그때 보름달이 창문 귀퉁이를 비집고 들어왔다. 소녀는 코코를 안은 뒤 저도 모르게 달빛이 들어오는 곳으로 왼손을 내밀었다. 달빛이 손바닥을 간지럽혔다. 맑고 시원한 기운이 살결을 따라 몸 구석구석으로 흘렀다. 코코에게서 받은 기운과 달빛에게서 받은 기운이 어우러지며 소녀를 깊고 푸근하게 보듬었다.

푸근한 기운이 짙은 먹구름을 밀어냈다. 어둠에 잠긴 산과 들이 달빛을 받아 제 모습을 드러내듯, 소녀가 잊고 지냈던 일들과 스스로 벌였으면서도 알아차리지 못했던 일들이 푸근한 기운을 받아 제 모습을 드러냈다. 그때, 소녀는 모든 일을 알아차렸다. 이제까지 벌어진 모든 일이 한꺼번에 떠올랐다. 은비에게 쏟아 부은 저주도 남김없이 생각났다.

무엇이 옛일을 흐릿하게 만들었는지도 알았다. 소녀가 저주를 퍼부으면 검은 마력은 소녀가 저주를 내렸던 기억을 흐릿하게 만든다. 소녀가 저주를 그대로 간직하면 소녀에게서 미움이 누그러졌을 때, 소녀는 저주를 내린 일이 잘못이라고 여기고 저주를 없애려고 할지도 모른다. 저주를 없애지는 못하더라도 저주가 자꾸 떠올라 마음이 괴로우면 검은 마력이 제대로 힘을 쓰지 못한다. 검은 마력이 기억을 흐리게 만들면 소녀는 저주를 걸고도 마음에 두지 않게 된다. 저주를 마음에 두지 않으니 저주를 내린 뒤에 벌어진 일들도 저주 때문에 일어났다고 여기지 않게 된다. 그런데 코코가 보내는 부드럽고 따뜻한 기운과 맑고 시원한 달빛이 하나가 되어 소녀 몸 안에 깃든 검은 마력을 살짝 밀어냈다. 잠깐 동안 소녀 기억은 마력에서 벗어났고 이제까지 벌어진 일이 어떻게 얽히고설키었는지 모두 알아차렸다.

"알았어! 모든 일을 알았어! 내겐 무시무시한 힘이 있어. 내가 저주를 내리면 그대로 이루어지는 힘! 내가 알고 내뱉은 말은 저주가 되지 않아. 미움에 휩쓸려 나도 모르게 내뱉은 저주만 그대로 이루어져. 저주가 이루어지려면 저주를 받은 사람만큼은 아니지만 얼마만큼은 나도 다쳐야 해. 아빠가 다치고, 외할머니가 쓰러졌을 때 아무래도 나 때문이란 생각이 들었는데, 맞았어. 나 때문이야. 내가 은비에게 내린 저주가 이루어졌어. 은비에게 내린 저주가 이루어졌으니 내 몸도 다쳐야 하는데, 은비에게 내린 저주가 지나치게 크다보니 내가 아니라 내가 사랑하는 사람들이 다치게 됐어. 검은 마력이 담긴 그릇인 내가 크게 다치면 검은 마력에게도 안 좋으니까, 내가 아끼고 좋아하는 사람들이 다친 거야.”

코코는 몸을 한 번 뒤틀더니 소녀 손바닥을 부드럽게 핥았다.

“은비를 찾아야 해! 은비를 찾아서 더는 널 미워하지 않는다고 말해야 해! 그래야 저주가 풀리고, 더는 내가 사랑하는 사람들이 다치지 않아. 초등학교 때 경애에게 내린 저주도 경애에게 더는 널 미워하지 않겠다고 내가 말하면서 없어졌어. 경애는 그때부터 괜찮아졌어.”

소녀는 휴대전화를 들었다. 은비를 찾기로 마음먹었기 때문이다.

“은비에게 지나치게 센 저주를 했어. 죽을 때까지라고 했으니 은비는 끝없이 저주를 받겠지. 끝없는 저주는 끝없이 나도 괴롭히겠지. 내가 사랑하는 사람들이 끊임없이 다치고, 잘못하면…….”

소녀는 그 뒷말을 차마 하지 못하고 삼켰다. 소녀가 내뱉지 못하고 삼킨 낱말은 ‘죽음’이었다. 죽음이란 낱말을 내뱉으면 정말로 누군가 죽을까 봐 두려웠다. 결코 일어나선 안 될 일이다. 사랑하는 이가 소녀 때문에 죽는 일이 일어난다면 소녀는 자신을 미워하게 될지도 모른다. 그럼 스스로 저에게 저주를 내리게 되고, 그때부터 삶은 끔찍한 지옥이 된다. 소녀는 빛 한 줌 없는 어둠보다 깊은 두려움에 부르르 떨었다.

'끔찍한 생각은 하지도 마! 다 잘 풀릴 테니까'

코코가 소녀에게 몸을 비볐다.

"그래, 코코! 고마워."

소녀는 코코를 번쩍 안아서 입을 맞추고, 꼭 껴안은 뒤 바닥에 내려놓았다.

"이제 빨리 은비를 찾아야 해. 더 끔찍한 일이 일어나지 못하게 막아야 해."

소녀는 외할머니가 떠올랐다. 잘 모르겠지만 오늘 밤 안으로 꼬인 실타래를 풀지 못하면 외할머니가 돌아가실지도 모른다는 생각이 들었다. 그럴 리 없다고 세차게 도리질을 쳤지만 외할머니 목숨이 제 손에 달린 듯한 느낌은 떨치지 못했다.

8
엉망으로 망가진 사람들

　소녀는 서둘러 은비를 찾았다. 은비를 알만한 애들에게 모두 전화를 걸었다. 아무도 은비가 어느 곳에 사는지 알지 못했다. 어떤 애는 은비가 우리나라를 떠났다는 소문을 들었다고 했고, 또 어떤 애는 은비가 부자 동네에 산다는 소문을 들었노라고 말했다. 그 무엇도 뚜렷하지 않았다. 그러다 듣고 싶지 않은 이름을 들었다. 듣기 싫었지만 은비와 얽힌 일에서 빼 놓을 수 없는 이름이었다.

　"윤재가 어느 곳에 사는지 아는데……, 어쩌면 윤재는 은비가 있는 곳을 알지 않을까?"

　윤재라는 이름을 듣는데 까닭 모르게 울컥 미움이 올라왔다. 윤재만 없었으면 은비와 사이가 틀어지지 않았고, 은비와 사이가 틀어지지 않았다면 아빠가 다치고 외할머니가 쓰러지는 일도 일어나지 않았으리라는 생각이 들었기 때문이다. 소녀는 저도 모르게 올라오는 미움에 화들짝 놀랐다. 소녀는 윤재를 겨누던 미움을 지그시 눌렀다. 윤재와 다시 만나기 싫었지만 어쩔 수 없이 윤재 전화번호를 받았다. 윤재 전화번호를 받고 바로 전화를 걸지 못하고 한참 망설였다. 마지막으로 윤재와 만났던 일이 어제 일처럼 뚜렷하게 떠올랐다. 윤재가 두려움에 떨며 은비와 얽힌 일을 털어놓던 모습을 떠올리니 괴로웠다. 이를 악물었다. 더 나쁜 일이 일어나지 못하게 막으려면 은비를 찾아서 경애에게 했듯이 저주를 풀어야 한다.

윤재에게 전화를 걸었다. 전화가 몇 번 울리지도 않았는데 윤재가 전화를 받았다.

"누구세요?"

윤재가 껄렁껄렁하게 전화를 받았다. 옛날에 듣던 말투가 아니었다.

"나야."

"네가…… 왜?"

소녀 목소리를 들은 윤재는 화들짝 놀랐다. 소녀 목소리를 듣자마자 소녀와 마지막에 있었던 일이 고스란히 떠올랐기 때문이다. 윤재도 은비처럼 소녀와 있었던 일을 제대로 기억하지 못했다. 그냥 나쁜 말을 주고받았다고만 기억했는데, 소녀 목소리를 듣자마자 그날 일이 뚜렷이 되살아났다.

"너를 만나서 물어보고 싶은 말이 있어."

"내가 왜 … 널 … 만나야 … 하는데?"

목소리도 떨리고 말도 제대로 이어지지 않았다.

"난… 너… 만나기 … 싫은데."

윤재는 떨면서도 싫다는 말은 똑바로 내뱉었다. '싫은데'란 말을 할 때 '누구세요'에서 느꼈던 껄렁함이 다시 묻어났다.

"나도 별로 보고 싶지 않지만…… . 휴~~."

소녀는 긴 한숨을 내쉬었다.

"나도 다시 널 … 만나기는 싫으니…."

윤재가 머뭇거리며 말했다.

"봐야해. 그것도 당장!"

소녀가 날카롭게 소리쳤다.

윤재는 움찔했다. 마음 깊은 곳에 웅크렸던 두려움이 스멀스멀 밀려 올라왔다. 만나기 싫었지만 소녀 말을 따르지 않고 맞설 힘은 없었다. 그냥 전화를 끊어버리고 싶었지만 그러면 소녀가 무슨 일을 저지를까 봐 두려웠다.

"아… 알…았어."

윤재는 더듬더듬 소녀 말에 따랐다.

"내가 너한테 바로 갈 테니까 있는 곳을 말해."

소녀가 말했다.

"여기로 … 온다고? 음, 여긴 … 별론데. 그냥 우리 집 … 앞으로 와. 나도 … 어차피 집으로 들어갈 생각이었으니까."

"알았어. 집이 어디야?"

"문자로 보낼게."

전화를 끊고 옷을 갈아입고 안방 서랍에서 돈을 챙기는데 문자가 왔다. 문자를 보자마자 집에서 나온 소녀는 택시를 잡아타고 윤재가 보내 준 주소로 갔다. 택시가 멈춘 곳은 허름한 집들이 모여 있는 골목이었다. 잠깐 기다리는데 어둑한 골목 쪽에서 윤재가 걸어왔다. 윤재를 처음 본 소녀는 깜짝 놀랐다. 소녀가 알던 윤재가 아니었다. 더없이 부드럽고 잘생긴 얼굴은 온 데 간 데 없었다. 잔뜩 찌푸린 얼굴에 여드름이 덕지덕지 나고, 노는 애들이나 입는 옷을 걸쳤으며, 중학생에게는 어울리지 않는 냄새도 짙게 풍겼다.

"저쪽 … 공원으로 … 가자."

윤재는 소녀 얼굴을 똑바로 보지 못했다. 한 때 좋아했던 소녀에게 볼품없는 모습을 보여주기 싫어서 되도록 소녀에게서 멀리 떨어져 걸었다. 소녀도 마음이 무거웠다.

"뭐 좀 마실래?"

공원 앞에 편의점을 가리키며 소녀가 물었다.

"응, 사주면 고맙지."

"뭐 마실래?"

"그냥 … 아무거나."

소녀는 편의점에 들어가서 손에 잡히는 대로 마실거리를 사왔다. 소녀와 윤재는 공원 귀퉁이에 놓인 긴 의자 양쪽 끝에 앉았다. 둘은 잠깐 동안 말없이 있었다. 마실거리를 다 마신 윤재가 빈 캔을 바닥에 놓더니 찌그러뜨린 뒤 발로 세게 찼다. 캔은 공원 가운데 모래밭에 나뒹굴었다.

"왜… 나를 … 보자고 … 했어?"

윤재가 더듬더듬 물었다.

소녀는 은비에 대해 아는지 물어보려다 윤재가 어떻게 살았는지 먼저 알아봐야겠다고 생각했다. 윤재가 이렇게 못나게 바뀔 줄은 눈곱만큼도 생각하지 못했기 때문이다.

"다른 일도 있지만… 네가 어떻게 살았는지 궁금했어."

"다른 일이 진짜고… 나는 덤이네. 맞지?"

소녀는 아무런 대꾸도 않고 윤재 쪽으로 살짝 몸을 비틀었다. 고개를 틀어 소녀를 보던 윤재는 소녀와 눈이 마주치자 얼른 고개를 돌려 먼 곳을 보는 척했다.

"어떻게 지냈어?"

"나야 뭐, 네가 보다시피 엉망진창이지."

윤재는 발로 땅을 툭툭 찼다.

"네가 강제 전학 간 뒤로 아무런 이야기도 못 들었어. 어떻게 지냈는지 궁금해."

윤재는 고개를 들어 하늘을 봤다. 별빛 하나 없이 뿌연 하늘이 꼭 제 앞날 같았다. 흐린 하늘 탓인지 눈앞이 흐릿해졌다. 윤재는 눈물을 감추려고 먼지가 들어간 척 하며 얼른 눈을 닦았다. 그런 윤재를 보는 소녀 가슴에도 아릿한 아픔이 서렸다.

"나도 왜 그런지 모르겠어. 내가 왜 은비와 그렇게 다투고, 왜 그렇게 미친 듯이 싸웠는지 모르겠어. 은비도 왜 내게 그렇게 날카롭게 굴었는지 모르겠어. 그날 은비는 여느 때 은비가 아니었어. 은비는 어쩌다 작은 거짓말도 하고, 내숭도 종종 떨었지만, 그렇게 성깔을 부리는 애는 아니었는데…, 99일 동안 한 번도 그런 적이 없었는데…, 100일째 되는 날은 왜 그랬는지 몰라. 휴~! 하긴 나도 내가 그날 왜 그딴 짓을 했는지 모르겠는데 은비가 그런지는 어떻게 알겠어."

소녀는 은비와 윤재가 싸우는 모습이 담긴 동영상을 보지는 못했지만 얘기는 많이 들었다. 미운 은비가 얻어맞았다는 얘기를 듣고 기뻐했던 제 모습이 생각나 부끄러웠다.

"내가 어쩔 수 없는 힘이 내 몸 안으로 들어온 느낌이었어. 나는 그러고 싶지 않은데 그 낯선 힘이 자꾸 나쁜 짓을 하라고, 성깔을 부리라고 부추겼어. 그때 날 부추겼던 낯선 힘은 그 뒤로 끊이지 않고 나를 괴롭혀. 나는 옛날처럼 공부 잘하고 싶고, 부모님 말씀 잘 듣고 싶어. 나쁜 형들이랑 어울리며 술 먹고 담배 피우며 다니고 싶은 적은 한 번도 없었어. 단 한 번도 그러고 싶은 적이 없었어. 진짜야! 핑계가 아니야. 그런데 안 돼! 내 안에 들어온 낯선 힘이 나를 자꾸 부추겨. 난 그 놈을 이길 수가 없어. 그 놈은 무척 세! 엄마는 내가 중2병이 단단히 걸렸다고 하는데, 모르겠어. 바이러스 때문에 중2병에 걸리지는 않잖아. 귀신이 내 몸에 들렸나 싶기도 했는데, 나는 귀신을 안 믿어. 바이러스도 아니고 귀신도 아니면, 도대체 내 안에 들어온 이 더러운 기운은 뭐냔 말이야? 낯선 놈이 하나 내 안에 똬리를 틀고 나를 제멋대로 움직이려고 해. 미치겠어! 정말 돌아버리겠어."

윤재는 소녀가 묻지도 않았는데 주저리주저리 제 이야기를 털어놓았다.

"누군가에게 이런 말을 하고 싶었어. 꼭 하고 싶었어. 그런데 아무도 들어주지 않았어. 이런 말을 어떤 형한테 한 번 했더니 나보고 미친놈이라며 한 대 쥐어박더라. 너는 어때? 너도 내가 미친놈처럼 보이냐?"

윤재가 빈 하늘을 보던 눈길을 소녀에게 돌리며 말했다.

소녀는 윤재 두 눈을 똑바로 보며 고개를 가로저었다.

"너 안에 낯선 힘이 똬리를 틀었다는 말, 믿어. 너는 결코 이렇게 살 애가 아니니까."

윤재는 소녀 말에서 참마음을 느꼈다. 강제 전학을 당한 뒤 처음으로 제 마음을 있는 그대로 받아주는 이를 만나서인지 몰라도 윤재 눈에서 저도 모르게 한 줄기 눈물이 흘렀다. 눈물이 흐르는 줄도 모르고 소녀를 뚫어져라 쳐다보던 윤재는 눈물이 입술에 닿자 얼른 눈물을 닦았다. 그러고는 다시 고개를 돌려 빈 하늘을 보면서 그동안 살아온 이야기를 소녀에게 들려주었다.

동영상이 인터넷을 타고 퍼진 날, 윤재는 교장실로 가서 호되게 꾸지람을 들었다. 엄마까지 학교에 와서 잘못을 빌었지만 교장 선생님은 강제 전학을 보낼 수밖에 없다고 했다. 그날 밤 윤재는 태어나서 처음으로 아빠에게 무섭게 매를 맞았다. 아빠는 죽일 듯이 윤재를 팼고, 윤재는 펑펑 울면서 도망을 다녔다. 늘 사랑으로 윤재를 감싸주던 엄마도 윤재를 지켜주지 않았다. 윤재는 온몸에 멍이 들었고 밤새 울었다. 그 다음 날부터 강제 전학을 가는 날까지 학교에 가지 않았다. 그런데 강제 전학을 갈 학교가 정해지는 그 짧은 사이에 아빠가 회사에서 잘렸다. 아빠는 꽤 큰 회사에 다니는 부장이었다. 곧 승진까지 앞두었다. 그런데 윤재가 저지른 일에 마음을 쓰느라 꼭 해야 할 일을 제대로 처리하지 못했고, 그 바람에 회사가 거래처에 큰돈을 물어줘야 하는 일이 벌어지고 말았다. 회사는 윤재 아빠가 밑지게 한 돈을 윤재 아빠에게 모두 물어내라고 할 수도 있었지만, 그동안 회사에 이바지한 점을 헤아려서 스스로 사표를 쓰고 나가라고 했고, 윤재 아빠는 어쩔 수 없이 사표를 쓰고 회사를 나왔다.

한동안 윤재 아빠는 날마다 술만 마시고 다녔다. 차라리 아빠가 윤재를 때리고 싫은 소리를 하면 더 나았을 텐데 아무 소리도 안하니 더 답답했다. 내내 술만 먹던 아빠는 아파트를 팔고 집을 옮겼다. 퇴직금과 아파트 판 돈을 더해서 가게를 열었다. 가게는 아주 안 되지도 않았지만 잘 되는 편도 아니어서 윤재네가 겨우 밥 먹고 살만큼만 벌었다. 집에 돈이 쪼들리다 보니 늘 집에만 있던 윤재 엄마는 대형마트에 비정규직으로 들어갔다.

여동생은 다니던 학원을 모두 끊고 혼자 집에서 공부했는데 학원에 길들여진 탓에 시험을 볼 때마다 성적이 떨어졌다. 엄마가 제대로 돌봐주지 않으니 날마다 엉망으로 살았다. 윤재는 더했다. 강제전학을 간 날 노는 애들에게 찍혔다. 노는 애들 가운데 한 명이 윤재가 여자 때린 애라는 소문을 냈다. 나쁜 소문이 학교에 퍼지면서 윤재는 곧바로 전교 왕따가 되었다. 아무도 윤재와 어울리려 하지 않았고, 노는 애들은 심심하면 윤재를 괴롭혔다. 참다못해 선생님께 학교폭력을 당한다고 말씀드리기까지 했지만 선생님도 별 도움이 안 되었다. 선생님이 애들을 불러서 다그치면 애들은 도리어 윤재가 나쁜 놈이라고 몰아붙였다.

"선생님도 윤재가 어떤 앤지 아시잖아요. 여자애를 무지막지하게 때린 못된 놈이에요. 나쁜 놈이라고 소문이 나서 애들이 어울리지 않으려고 하는데, 그게 잘못인가요? 그리고 저희는 그렇게 여학생을 팬 짓이 미워서 뭐라고 했을 뿐이에요."

윤재를 대놓고 괴롭히는 애들은 선생님이 다그치면 이렇게 둘러댔다. 선생님도 윤재가 여학생을 때린 못된 애라고 알고 있기 때문에 윤재 말보다 애들 말을 더 믿었다. 그러니 윤재가 어떻게 해 볼 길이 없었다. 윤재는 왕따를 당하면서 점점 삐뚤어졌다. 성적도 믿을 수 없을 만큼 떨어졌다. 전교 10등 안에 들던 성적은 200등 밖으로 밀려났다.

집에서도 툭하면 동생을 때리고 괴롭혔다. 엄마가 나무라면 대들었고, 아빠 지갑에서 돈도 훔쳤다. 그러고는 학교 밖에서 사귄 형들이랑 어울렸다. 술도 마시고 담배도 피웠다. 주먹질도 배웠다. 성적은 300등 밖으로 밀려났다. 윤재가 학교 밖에서 노는 형들이랑 어울리면서 학교 안에서 노는 애들도 윤재를 건드리지 않게 되었고, 왕따에서도 벗어났다. 윤재는 늘 얼굴을 구기고 다녔고, 조금만 마음에 들지 않는 애가 보이면 몰래 불러서 겉으로 드러나지 않을 만큼만 팼다.

이야기를 마친 윤재는 후련한지 얼굴빛이 밝아졌다. 구겼던 얼굴도 펴졌고, 여드름도 줄어든 듯 보였다. 진하던 냄새도 많이 사라졌다.

"오늘 너 전화 받았을 때도 그렇고 그런 형들과 어울려 담배를 피우고 술을 마시며 놀았어. 그러긴 싫은데, 어쩔 수가 없어. 그만 해야겠다고 늘 다짐을 하지만 막상 닥치면 멈출 수가 없어. 내 안에 똬리를 튼 못된 힘이 나를 자꾸 나쁜 짓을 하게 만들어. 너는 안 믿겠지만 나는 그 못된 힘 때문에 나를 둘러싼 일들이 나쁜 쪽으로만 흘러간다고 생각해."

"네 말 믿어!"

윤재가 소녀를 봤다. 소녀도 윤재를 봤다.

"은비와 싸운 뒤로 내 삶은 쓰레기가 됐어."

쓰레기란 말이 소녀 가슴을 아프게 했다. 소녀는 저주를 내릴 때 은비를 쓰레기라고 하며, 쓰레기처럼 버려지고 짓밟히라고 막말을 했다. 그런데 은비뿐 아니라 은비가 사랑한 남자인 윤재까지도 쓰레기처럼 살게 됐다. 윤재에겐 저주를 내린 적도 없는데 윤재마저도 은비에게 내린 저주에 얽혀들었다.

'내가 사랑하는 사람들이 나 때문에 다쳤듯이, 은비와 가까운 이들도 은비에게 내린 저주에 얽혀들었어. 내가 지닌 어둠이 지닌 힘이 얼마나 세기에 은비 옆 사람들까지 모조리 망쳐버릴까? 앞

으로 얼마나 많은 나쁜 일들이 일어날까? 무서워! 끔찍해!'

소녀는 입을 앙다물었다. 빨리 은비를 찾아서 나쁜 고리를 끊고 말겠다고 다짐했다.

"나 다시 괜찮게 살 수 있을까?"

윤재가 소녀에게 물었고, 소녀는 고개를 끄덕였다.

"풋! 고맙다. 아무도 내가 쓰레기에서 벗어날 수 있다고 믿지 않는데 말이야. 어휴, 나도 웃기다. 내 삶인데 너한테 묻다니."

윤재는 피식 웃었다. 즐거워서 나오는 웃음은 아니었지만 윤재 얼굴에 핀 웃음은 윤재를 밝고 맑았던 옛날 윤재처럼 보이게 했다.

"술 담배 하고, 껄렁거리고, 얼굴 구기고, 애들 패는 짓을 하며 사는 애는 윤재답지도 않고 윤재도 아니야. 앞으론 너답게 살아. 그렇게 되리라 믿어."

소녀가 담담하고 믿음직스럽게 말했다.

"고맙다. 믿어줘서. 이제야 하는 말이지만 네가 보자는 말을 들었을 때는 조금 무서웠어. 마지막에 널 보았을 때가 떠올라 소름이 돋더라."

다시 윤재가 웃었다. 작지만 기쁨이 묻어나는 웃음이었다.

"내가 널 잘못 기억했나 봐. 넌 이렇게 좋고 착한데 말이야. 나… 옛날에… 너 정말 좋아했는데."

윤재 머릿속은 아주 머나먼 옛날을 더듬었다. 윤재 눈가에 작은 물방이 또다시 맺혔다.

소녀는 윤재가 떠올리는 느낌에 휘말리고 싶지 않았다. 소녀 마음에 윤재가 다시 들어올 자리는 없었고, 무엇보다도 아직 은비를 만나지도 못했는데 윤재와 옛날을 떠올리며 아릿한 느낌을 나누고 싶지 않았다.

"하나만 물어보고 갈게."

소녀는 일부러 말투를 딱딱하게 바꿨다.

"몇 개 물어 봐도 돼. 아~ 우스개야! 웃기지도 않지만. 아무튼. 네가 뭘 물어보려는지 알겠어."

윤재는 담담하게 말했다.

"은비가 어떻게 됐는지 물어보려고 왔잖아. 맞지?"

소녀가 고개를 끄덕였다.

"생각해보니 네가 날 찾는 까닭은 은비뿐이겠다 싶었어."

"어디에 사는지 알아? 은비를 꼭 만나야 돼."

소녀가 다그쳐 물었다.

"은비가 어느 곳에 사는지는 모르고 은비 엄마를 만날 수 있는 곳은 알아."

"어디로 가면 되는데?"

윤재는 소녀가 든 스마트폰 지도앱을 열어 한 곳을 찍었다. 술집이었다.

"은비 엄마가 술집을 하시니?"

소녀 물음에 윤재는 고개를 저었다. 그러고는 묻지도 않은 말을 해줬다.

"형들이랑 놀러갔다가 봤어. 처음엔 못 알아 봤어. 옛날 은비랑 사귈 때 은비 엄마를 몇 번 뵌 적이 있는데, 그때는 참 곱고 예쁜 분이셨어. 술집에서 본 은비 엄마는 주름이 가득하고, 온갖 괴로움에 찌든 얼굴이었어. 그때보다 십년은 더 늙어 보이셨어. 뭔 일 때문에 그리 됐는지는 모르지만, 우리 집보다 조금 더 심한 일을 겪었나 봐."

소녀는 은비 엄마에 대한 이야기를 듣고 괴롭고 가슴이 아팠다. 저주가 지닌 끔찍함에 몸서리쳤다.

"은비 엄마는 술집 사장이 아니라 거기서 일하서."

윤재가 말하지 않아도 이미 그러리라 생각했다. 소녀는 지도앱을 다시 살폈다. 술집은 택시를 타고 30분쯤 가야 할 거리로 나왔다. 스마트폰 시계는 10시 45분이었다. 택시를 타고 가면 11시가 훌쩍 넘는다. 지나치게 늦은 시간이다.

"새벽 2~3시까지 하는 술집이니까 늦게 가도 괜찮아."

소녀는 입술을 깨물며 어떻게 할까 망설였다.

"같이 가 줄까?

윤재가 말했다.

"아니. 됐어! 나 혼자 갈게."

소녀는 마음을 굳히고 일어났다. 윤재도 따라 일어났다.

"고마워."

소녀가 말했다.

"나야 말로 고마워. 네 덕분에 마음이 한결 가벼워졌어."

소녀는 서둘러 발길을 옮겼다.

마침 택시가 지나가서 재빨리 올라탔다. 택시에 탄 소녀를 보며 윤재가 어정쩡하게 손을 흔들었다. 소녀는 창문을 내리고 윤재에게 말했다.

"너와 네 가족에 씌워진 저주는 이제 풀릴 테니까 윤재다운 윤재로 돌아가. 너답지 않은 삶은 걷어치우고."

"네 말대로 되면 참말로 좋겠다."

"그렇게 될 테니까 날 믿어."

윤재가 쓸쓸하게 웃었다.

"갈게."

"잘 가."

창문이 닫히고, 택시가 움직였다.

그때 윤재도 소녀도 보지 못했찌만 검은 빛이 윤재 몸에서 빠져나와 소녀에게 스며들었다.

9
쓰레기통에 버려진 삶

택시는 온갖 간판으로 가득한 거리에 멈췄다. 택시에서 내리니 술 냄새가 확 풍겼다. 술기운이 넘실거리는 골목엔 소녀 또래 애들이 뭉쳐 다니는 모습이 심심찮게 보였다. 소녀는 둘레를 살펴보고는 이맛살을 찌푸렸다. 소녀 안에 웅크린 검은 마력이 꿈틀거렸다. 무언가 나쁜 짓을 저질러도 괜찮을 성 싶은 느낌이 치솟게 만드는 골목이었다. 소녀는 깊이 숨을 들이마시고는 윤재가 알려준 술집 간판을 찾았다. 머지않은 곳에 윤재가 말한 술집 간판이 보였다. 술집 쪽으로 걸어가는데 넥타이를 머리에 묶은 남자 어른이 고래고래 노래를 부르며 지나갔다. 그때 전화벨이 울렸다. 엄마였다.

"엄마! 외할머니 괜찮으셔?"

"그래, 큰 고비는 넘기셨는데, 아직 깨어나지는 않으시네. 어떻게 될지 몰라서 밤새 지켜봐야 한다네."

큰 고비를 넘겼다는 말을 듣는데 윤재가 떠올랐다. 윤재와 만나면서 저주가 약해졌고, 그로 인해 할머니가 조금은 괜찮아지셨다는 생각이 들었다.

"너 혼자 있는데 괜찮니?"

"응, 나야 혼자서도 잘 지내잖아."

웬 아저씨가 또 고래고래 노래를 부르며 지나갔다.

"이게 뭔 소리니? 너 이 늦은 시간에 밖에 나왔니?"

엄마가 걱정스럽게 물었다.

"더워서 문 열고 있는데 어떤 아저씨가 술 취해서 노래를 부르네. 엄마 귀에도 들려?"

"더워도 문이랑 창문이랑 꼭 닫고."

"알았어. 모두 꼭 닫을게."

"저녁은 챙겨…… 네~? … 그래요? 네…."

엄마는 소녀와 전화하다 말고 간호사와 얘기를 나누었다. 얼핏 간호사 말을 들으니 외할머니가 다시 안 좋아지는 듯했다.

"엄마는 다시 외할머니께 가봐야겠다."

"그래 엄마."

"늦었으니까 빨리 자고."

"응."

"아침 꼭 챙겨 먹고."

"알았어. 그리고 나 애기 아니야. 내 일은 내가 알아서 할 테니까 걱정 마."

"사랑해, 우리 딸!"

소녀가 '나도 사랑해, 엄마' 하고 말하려는데 전화가 툭 끊겼다. 소녀는 '사랑해, 엄마'를 나지막이 속삭였다. 빨리 은비를 만나서 저주를 풀지 않으면 외할머니가 어떻게 될지도 모른다는 걱정이 밀려들었다. 은비 엄마가 있다는 술집 쪽으로 걸음을 재촉했다.

술집 안으로 들어서니 술과 고기 냄새가 확 풍겼다. 소녀는 두리번거리며 은비 엄마를 찾았다. 계산대에 사장으로 보이는 아저씨 한 명, 주방에 요리하는 남자 한 명, 손님들에게 안주랑 술을 부지런히 나르는 종업원 두 명이 보였다. 어느 곳에도 은비 엄마는 보이지 않았다.

"학생, 누구 찾아왔어?"

술집 안 곳곳을 두리번거리는 소녀를 보고 계산대에 있던 아저씨가 말했다.

"네. 여기 일하시는 분 가운데 은비 엄마 안 계세요?"

"은비 엄마? 은비 엄마가 누구야?"

소녀는 가슴이 쿵 내려앉았다. 여기에 없으면 어떻게 찾을지 막막했다. 이대로 영영 얽혀버린 실타래를 풀지 못하리라 생각하니 서러움이 밀려왔다. 한 때 일어난 노여움을 참지 못하고 끔찍한 저주를 쏟아낸 스스로가 미웠다.

"사장님, 경주 언니 아닐까요?"

손님이 떠난 술자리를 치우던 여종업원이 말했다.

"경주 씨? 경주 씨한테 딸이 있었나?"

"애. 경주 언니 화장실 갔어. 곧 올 테니까 여기 빈자리에서 잠깐 기다려."

소녀는 종업원이 앉으라는 자리로 가서 기다렸다. 조금 뒤 뒷문이 열리고 얼굴에 주름이 가득한 아줌마가 들어왔다. 아줌마 얼굴을 똑바로 봤지만 처음엔 못 알아봤다. 은비 집에 가서 뵌 은비 엄마랑 무척 달랐기 때문이다. 그러다 아줌마 얼굴에서 옛 흔적을 찾아내고는 벌떡 일어났다.

"언니, 언니 딸이 은비야?"

소녀에게 빈자리에서 기다리라고 했던 여종업원이 아줌마에게 물었다.

"은비… 내 딸 맞는데, 왜?"

"저기, 은비 엄마를 찾아온 애가 있어."

여종업원이 손가락으로 소녀를 가리켰다.

은비 엄마는 여종업원이 손가락으로 소녀를 가리키자마자 빠른 걸음으로 다가왔다.

"너, 옛날에 은비 친구 맞지?"

은비 엄마는 자리에 앉자마자 소녀 손을 세게 움켜쥐었다.

"네. 맞아요."

"너 은비 어디 있는지 아니? 은비가 집을 나가서 아직도 안 돌아왔어."

은비 엄마가 무언가에 쫓기 듯 다그쳐 물었다.

"아~!"

소녀는 은비가 집을 나갔다는 말에 날카로운 손톱으로 속을 긁어내는 듯한 괴로움을 토해냈다.

"은비가 … 집을 … 나갔나요?"

은비 엄마가 소녀 손을 놓더니 뒤로 물러앉았다. 짙은 어둠이 얼굴에 번졌다. 얼굴 곳곳에 남겨진 깊은 주름은 힘겨운 삶이 남긴 찌꺼기들을 토해냈다.

"넌 모르는구나."

"은비가 왜 가출을……."

은비 엄마는 두 손으로 얼굴을 반쯤 가린 채 아무 말도 하지 않았다. 은비 엄마 안에서 소용돌이치는 괴로움이 고스란히 다가왔다. 개미와 새가 느끼는 아픔조차 제 아픔으로 느끼고, 벌레와 나무와도 마음을 나눌 줄 알았던 소녀였다. 어느 때부턴가 그런 재주를 잃어버렸던 소녀였는데 은비 엄마를 만나서는 말을 나누지 않아도 그 아픔이 마음 깊이 다가왔다. 옛날에 지녔던 재주가 다시 살아나는 듯했다.

은비 엄마와 소녀는 한동안 말없이 앉아 있었다. 계산대에 있던 사장이 다가왔다.

"경주 씨! 이제 그만 일하지. 보아하니 할 말도 없어 보이는데. 손님들이 많아서 일손이 딸려."

은비 엄마는 두 손으로 얼굴을 닦는 시늉을 하더니 일어나려 했다. 소녀는 제대로 말도 나누지 못한 채 은비 엄마를 보내고 싶지는 않았다.

"조금 더 시간을 주세요."

소녀는 사장을 보며 애처롭게 말했다.

"늦은 시간인데 학생은 집에 빨리 들어가고. 경주 씨는 어서 일해요."

사장이 딱딱하게 말했다.

"잠깐만 이야기할게요."

소녀가 참마음을 담아 다시 빌었다.

"거 참, 말도 안 하면서…. 경주 씨 빨리 일해요."

사장이 짜증냈다.

"네, 사장님."

은비 엄마가 일어나려고 했다.

소녀는 입술을 깨물며 사장을 노려봤다. 소녀 눈에서 검은 기운이 감돌았다. 사장은 소녀 눈을 보고는 까닭모를 두려움에 한 발짝 뒤로 물러났다.

"아~ 거~ 그냥 … 이야기해요. 어휴~ 내가 왜 이러지."

사장은 도리질을 세차게 하더니 주방 쪽으로 갔다.

일어나려던 은비 엄마는 영문도 모른 채 다시 자리에 앉았다.

"은비에게 무슨 일이 있었는지 말씀해주세요."

은비 엄마는 머리를 한 번 매만졌다. 두 손을 모아서 입을 반쯤 가리고는 오른 쪽 엄지와 검지로 입술을 뜯었다. 말할까 말까 머뭇거리던 은비 엄마는 얼굴을 두 손으로 쓸고는 입을 열었다.

"은비가 사귀던 애랑 싸운 동영상이 인터넷에 올라간 때부터 모든 일이 꼬였어. 은비는 학교를 그만두고 외국으로 가기로 했는데…, 휴~ 그렇게 할 수가 없었어."

은비 엄마는 흐트러진 머리를 매만지더니 얼굴을 두 손으로 쓸고는 두 손을 모아 입을 반쯤 가리고는 엄지와 검지로 입술을 뜯었다. 이야기 하는 내내 그런 몸짓을 수없이 되풀이했다.

은비네는 꽤 잘살았다. 은비 아빠는 잘 나가는 회사를 경영했고, 오빠는 모두가 알아주는 특목고에서도 공부 잘하기로 소문난 학생이었다. 은비 엄마는 따뜻하고 부드러운 엄마였다.

은비 동영상이 퍼진 다음 날, 갑자기 은비 아빠가 경영하는 회사가 어려움에 빠지더니 며칠 만에 부도가 났다. 어떻게든 헤쳐 나가려고 했는데, 엎친 데 덮친 격으로 공장에 큰 불이 나면서 회사가 그대로 무너지고 말았다. 은비네는 아파트를 빼앗겼고, 가난한 동네로 집을 옮겼다. 그때부터 모든 일이 엉망이었다. 은비 아빠는 날마다 술을 먹고 들어와서는 주먹을 휘둘렀다. 처음엔 은비 엄마를 때리더니, 말리는 은비 오빠를 때리고, 동영상을 들먹거리며 마침내 은비에게도 손을 댔다. 하루도 싸움 없이 그냥 넘어가는 날이 없었다. 아빠는 밤마다 술에 취해 주먹을 휘두르고 집안 살림을 때려 부셨다.

처음에 은비 엄마는 남편을 달래도 보고 묵묵히 기다려도 보았지만, 남편은 좋아지기는커녕 더 나빠지기만 했다. 그나마 남아 있던 돈이 바닥날 낌새를 보이자 은비 엄마는 식당으로 일하러 나갔다. 은비 아빠가 돈을 한 푼도 벌어오지 않으니 엄마라도 나가서 일할 수밖에 없었다. 은비 엄마는 아침 일찍 나가서 저녁 늦게 돌아왔다. 힘든 일을 끝내고 돌아와서도 남편 때문에 제대로 쉬지도 못했다.

착하고 공부 잘하던 오빠는 집안이 엉망이 되면서 공부를 제대

로 하지 못했다. 밤마다 아빠와 다투고 싸우고 얻어맞으니 공부할
틈이 없었다. 학원에 갈 돈도 없어서 모든 학원을 끊었고, 독서실에
갈 돈도 없어서 그냥 집에서 공부했다. 방도 두 개밖에 없는 집이라
아빠가 술 먹고 들어와서 시끄럽게 굴면 공부는 꿈도 못 꾸었다. 그
럼에도 어떻게든 공부를 놓지 않으려고 애를 썼는데, 그 다음 시험
에서 답안지를 엉뚱하게 쓰는 잘못을 잇달아 저지르는 바람에 성적
이 꼴찌로 떨어졌다. 얼토당토않은 성적을 받아 든 오빠는 마침내
억눌렀던 노여움을 있는 대로 터트리고 말았다. 은비 아빠가 또다
시 엄마에게 손찌검을 하는 날, 은비 오빠는 참지 못하고 아빠에게
주먹을 휘두르며 대들었고, 큰 싸움이 났다. 낡은 골프채로 얻어맞
기까지 한 은비 오빠는 그대로 집을 나가버렸다. 그 뒤로 은비 오빠
는 거의 집에 들어오지 않았다. 못된 애들과 어울리면서 나쁜 짓을
밥 먹듯이 저질렀다.

　은비는 소녀가 다니는 학교에 외국으로 간다고 서류까지 모두 냈
기 때문에 학교에 가지도 않았고, 가고 싶지도 않았다. 처음엔 늘
집에 처박혀서 인터넷만 했다. 그러다 돈이 없어서 인터넷이 끊기
자 하는 일 없이 거리를 쏘다니다 해가 질 때쯤에 집에 들어왔다.
집에 혼자 있으면 아빠가 술에 취해 들어와 은비에게 화풀이를 했
다. 오빠도 엄마도 없는 집에서 은비는 혼자서 아빠와 지냈는데 지
옥이 따로 없었다. 은비 아빠는 툭하면 동영상을 들먹였다.

"네가 찍힌 그 동영상, 그 동영상이 나를 망쳤어. 몽땅 망쳤다고. 너 때문에 내가 이 꼴이 됐다고."

은비 아빠는 이렇게 말하며 은비를 때렸다. 무릎을 꿇고 싹싹 빌기도 하고, 미친 듯이 대들기도 했지만 힘없는 은비로선 어쩔 수가 없었다. 빌든 대들든 아빠는 무지막지한 힘으로 은비를 때렸다.

어쩌다 오빠가 들어오는 날이 은비가 맞지 않는 날이었다. 무슨 까닭인지 모르지만 오빠가 들어오는 날이면 아빠는 술만 먹고 그냥 잠들었다. 아빠와 오빠는 모르는 남남처럼 지냈다. 어쩌다 아빠가 들어오지 않고 오빠와만 있으면 오빠가 트집을 잡아서 은비를 때렸다. 오빠에게 미친 듯이 대들었지만 오빠는 아빠보다 더 심하게 은비를 때렸다. 오빠는 은비에게 사람으로서 입에 담지 못할 욕까지 퍼부었다.

그러던 어느 날, 오빠가 경찰서에 붙잡혀 갔다. 술 먹고 싸움을 벌여 사람을 크게 다치게 했기 때문이다. 다친 사람에게 돈을 주고 다친 사람이 벌주기를 원하지 않는다고 하면 은비 오빠가 풀려날 수 있었지만, 은비네는 그럴 돈이 없었다. 돈이 없으니 은비 엄마가 무릎을 꿇고 싹싹 빌 수밖에 없었다. 그러나 얻어맞은 사람은 돈도 못 받는데 벌까지 안 받게 할 수는 없다면서, 은비 오빠가 콩밥을 먹어야 한다고 버텼다. 돈을 마련해야만 은비 오빠가 풀려날 수 있었지만 돈이 없으니 다른 수가 없었다. 은비 오빠는 구속되었다.

그 뒤로 아빠는 더 무시무시하게 은비와 엄마를 때렸다. 은비 엄마는 점점 돌아오는 시간이 늦어지더니 아예 새벽에 들어왔다. 남편과 마주치고 싶지 않기도 했고, 돈을 더 많이 벌려는 뜻이었다. 하루 네다섯 시간도 못자고 오전부터 새벽까지 일했다. 언젠가는 은비 아빠가 바뀌리라는 믿음으로 지옥 같은 하루하루를 버텼다. 안타깝게도 은비 아빠는 멋있고 재주 많은 옛 모습으로 되돌아갈 낌새가 전혀 보이지 않았다. 어느 날 은비 엄마가 새벽에 집에 오니 은비가 집에서 사라지고 없었다. 은비는 아주 짧게 쓴 쪽지만 엄마에게 남겼다. 그 뒤로 단 한 번도 집에 들어오지 않았다.

은비 엄마는 주머니에서 구깃구깃한 종이를 펴서 소녀에게 내밀었다.

"은비가 남기고 간 쪽지야."

소녀는 은비가 남기고 갔다는 쪽지를 펴서 읽었다.

"엄마, 우리 집은 쓰레기통이야. 나는 그 쓰레기통에 버려진 쓰레기고. 난 이 쓰레기통에서 벗어날래. 그러니 엄마도 그만 쓰레기통에서 벗어나. 아빠야말로 더러운 쓰레기니까. 날 찾지 마. 쓰레기 같은 딸을 찾아서 뭐하겠어."

소녀는 은비가 쓴 쪽지를 읽고 또 읽었다. 쓰레기란 말이 가슴을 후벼 팠다. 은비에게 쏟아 부은 저주 그대로 은비가 쓰레기처럼 다뤄졌다고 생각하니 은비가 가슴 저리게 불쌍했다. 은비에게 그런 저주를 퍼부은 자신이 싫었다. 아니 미웠다.

'아무리 미워도 그런 저주를 하면 안 됐어. 저주를 하더라도 그냥 윤재와 헤어지라는 저주만 했어도 넉넉했어. 그쯤이면 됐는데, 내가 왜 그렇게까지 무서운 저주를 했을까? 검은 마력이 나를 그렇게 만들었을까? 아니면 내 밑바탕이 못됐기 때문일까?'

소녀가 흘린 눈물방울이 뚝, 뚝, 뚝, 은비가 쓴 종이 위로 떨어졌다.

"그다음 날 은비 아빠도 은비를 찾는다면서 집을 나간 뒤 들어오지 않았어. 경찰서에 두 사람 실종 신고를 하고, 한 일주일은 일도 그만두고 이곳저곳을 다니며 찾았는데, 어느 순간 다 쓸 데 없는 일이란 생각이 들었어. 찾아서 뭐하겠니. 다시 그 지옥이 펼쳐질 텐데."

소녀는 은비가 쓴 쪽지를 은비 엄마에게 돌려드렸다. 은비 엄마는 종이를 받아들더니 제대로 접지도 않고 구깃구깃 주머니에 넣었다. 딸이 집을 나가며 마지막으로 남긴 글이 담긴 종이인데도 마음을 쓰며 다루지 않았다. 은비 엄마 마음이 어떤지 그 몸짓에서 다 엿보였다.

"네가 무엇 때문에 은비를 찾는지 모르겠지만, 찾아봐야 달라질 일은 없어. 걔한테 집은 지옥일 뿐이니까. 내 삶이, 우리 가족이 모두 지옥이야. 아니네. 은비 말대로 쓰레기통이겠지. 풋!"

어울리지 않는 웃음, 처절한 아픔이 묻어나는 웃음이었다.

"제가 은비를 찾아서 되돌려 놓을게요. 모든 일을 제자리로 돌려놓겠어요."

그냥 은비 엄마 듣기 좋으라고 하는 소리가 아니었다. 참마음으로 그렇게 만들겠다고 다짐하며 건넨 말이었다.

"말이라도 고맙네. 그런데 너도 집 나왔니? 이렇게 늦은 시간에 돌아다녀도 돼?"

힘겨운 삶을 이어가는 은비 엄마였지만 어쩔 수 없이 엄마였다. 소녀를 참마음으로 걱정하는 따뜻함이 소녀에게도 전해왔다.

"집 나오지 않았어요. 빨리 마무리 지어야 할 일이 있어서 이렇게 밤늦게 왔을 뿐이에요. 말씀 고맙습니다. 제가 어떻게든 은비를 제자리로 돌려놓을게요. 걱정 마세요. 은비 찾으면 알려드릴 전화번호 알려주실래요?"

은비 엄마가 알려주는 전화번호를 저장하고 자리에서 일어났다.

"몸 상하지 않게 일하세요. 곧 좋은 일이 있으리라 믿으시고요."

"고맙다. 은비 아빠 사업 망하고 나서 이런 따뜻한 말은 처음이야. 너처럼 어린애한테……. 밤이 늦었으니 살펴가렴. 나는 일해야 해서 못 나가."

소녀는 은비 엄마에게 꾸벅 절하고 술집을 나섰다. 거리는 늦은 밤에 어울리지 않게 시끄러웠다. 은비 엄마에게 꼭 은비를 찾겠다고 말했으나 어떻게 은비를 찾을지 막막했다. 온갖 불빛이 골목을 가득 채웠으나 소녀가 가야 할 길을 비춰주는 불빛은 하나도 없었다.

10
진짜 마녀

'은비는 어디 있을까?'

'어떻게 해야 은비를 찾지?'

아무리 머리를 쥐어짜도 길이 보이지 않았다. 술집 에어컨이 소녀 머리 쪽에 더운 바람을 확 끼얹는 바람에 머리카락이 헝클어졌다. 주머니를 뒤적여 머리끈을 찾았다. 두 손으로 머리를 매만지며 머리끈을 묶으려고 머리를 뒤로 젖혔다. 머리끈으로 머리를 몇 번 휘감다가 하늘에 뜬 보름달에 눈이 꽂혔다. 달빛이 붉었다. 떠들썩하고 진한 간판 불빛 때문에 잘 드러나진 않았지만 붉은 달이 틀림없었다.

소녀는 마력을 얻던 날 밤이 또렷이 떠올랐다. 붉은 달, 하얀 항아리, 샛별, 맑은 샘물, 피! 문득 어떻게 해야 은비를 찾을지 떠올랐다. 까닭은 알 수 없었지만 그렇게 하면 될 듯했다. 소녀는 재빨리 택시를 잡은 뒤 집으로 갔다. 집까지 가는데 40분이 걸렸다. 택시에서 내리는데 아빠에게서 문자가 왔다.

'외할머니가 다시 안 좋아지셨어. 오늘밤을 넘길 수 있을지 모르겠다고 하니, 마음 단단히 먹고 있으렴. 우리 딸, 사랑해'

문자를 보고 답글을 보내려는데 손끝이 덜덜 떨려서 제대로 낱말을 만들기 어려웠다. 몇 마디 말을 만들었다가 그냥 지워버렸다. 왜 그런지는 모르지만 외할머니가 돌아가신다면 은비에게 이제까지 겪은 적도 없는 끔찍한 일이 일어나리란 생각이 들었다. 새벽 한 시, 소녀가 집으로 들어가는데 코코가 문 앞에서 기다렸다.

"코코!"

소녀는 코코를 안아서 들어 올렸다.

"내가 나간 뒤부터 이제까지 여기서 날 기다렸어?"

'응, 네가 걱정 돼서'

"코코가 날 참마음으로 걱정해서 일이 잘 풀렸나 보네. 은비를 찾는 길을 알아냈어. 나도 왜 그런지는 모르지만 아마 될 거야."

'잘 됐다'

소녀는 코코를 내려놓고 잡동사니를 모아 두는 부엌 뒤쪽 창고를 뒤졌다. 창고 깊숙한 곳에서 하얀 빛에 학이 날아가는 그림이

144

그려진 항아리를 찾아냈다.

"있다!"

'그때 그 항아리네'

코코가 소녀를 졸졸 따라다녔다. 소녀는 화장실에 가서 항아리를 깨끗이 씻었다.

"이제 맑은 물을 떠와야 하는데, 아무래도 약수터에 가야겠어."

'깊은 밤이야'

"빨리 해야 돼. 왜 그런지 뚜렷하게 말할 수는 없지만, 조금이라도 늦으면 안 된다는 생각이 들어. 은비를 빨리 찾아야 해. 그렇지 않으면 외할머니에게 큰일이 생길지도 몰라. 외할머니에게 큰일이 생기면, 이제까지 겪었던 그 어떤 일보다 끔찍한 일이 은비에게 일어날지도 몰라. 머뭇거릴 새가 없어. 서둘러야 해."

소녀는 아빠가 약수터 다닐 때 쓰는 통을 찾아내서 항아리처럼 깨끗이 씻었다.

"손전등이 어딘가 있을 텐데……."

'신발장 열어 봐'

신발장을 여니 손전등이 있었다. 소녀는 물통과 손전등을 들고 현관문을 열었다.

'나도 같이 갈게'

"아냐. 넌 있어. 밤길이라 내가 널 지켜줄 수 없어."

‘괜찮겠어?’

소녀는 부드럽게 웃었다.

"나도 믿고 싶지 않지만 나에겐 무서운 힘이 있어. 아무래도 나는 마녀 같아. 마녀가 어둠을 두려워한다면 다들 웃겠지. 안 그래?"

코코는 현관문 앞에 서서 꼬리를 흔들었다. 소녀는 코코를 안아서 한 번 입을 맞춘 뒤 내려 놓았다. 아파트 단지 뒤쪽으로 갔다. 그때까지는 손전등을 켜지 않다가 등산로에 들어서면서 손전등을 켰다. 산길이 고불고불 이어지고 큰 소나무들이 마치 살아 숨 쉬는 괴물처럼 움찔거렸다. 풀벌레 소리는 귀신이 속삭이는 소리처럼 들렸고, 가끔 들리는 새소리는 발걸음을 떨리게 했다. 그럼에도 뒤돌아서지 않았다. 은비와 외할머니 걱정이 모든 두려움을 이겨내게 했다. 산 중턱쯤에 이르니 약수터가 보였다. 진한 어둠 사이로 졸졸졸 흐르는 물소리가 들렸다. 깨끗한 물로 빈 통을 한 번 더 씻은 뒤 깨끗한 물을 받았다. 물이 흐르는 소리에 맞춰 등에서도 땀이 흘렀다.

그때 무언가 바스락거리는 소리가 들렸다. 처음엔 잘못 들었나 생각했지만 아니었다. 어둠 가운데서 바스락거리는 소리가 뚜렷이 들렸다. 그 소리는 처음엔 멀었지만 점점 가까이 다가왔다. 가슴이 멎을 듯했다. 물통 뚜껑을 닫고 왼손으로 물통을 들고는 오

146

른손에 손전등을 들고 바스락 소리가 나는 쪽으로 비췄다. 처음엔 아무것도 보이지 않았다. 조금 뒤 번쩍이는 불빛 두 개가 어둠을 뚫고 나타났다. 불빛은 가끔 깜빡거렸다. 거친 숨소리도 들렸다. 소녀는 뒷걸음질을 쳤다. 두 불빛 사이에서 크르릉 소리가 새어나 왔다. 산짐승이었다. 도시 한복판에 있는 아파트 단지 뒤쪽 산에 어떻게 산짐승이 나타났는지 알 수는 없었지만, 산짐승이 틀림없 었다. 어떤 산짐승인지는 모르지만 소녀에게 좋은 일은 아니었다. 두 눈이 점점 가까이 다가왔다. 손전등 불빛이 몸을 드러나게 했 다. 멧돼지였다. 멧돼지는 크르릉 거리며 발을 굴렀다. 좋지 않았 다. 멧돼지가 발을 구른 뒤에 어떤 짓을 할지 헤아리기는 어렵지 않았다. 소녀에게 달려들어서 쾅! 그러면 소녀는 끝장이다. 대낮 에 만나도 두려운 짐승을 한밤중에 혼자 마주쳤으니 어찌 두렵지 않겠는가?

소녀 안에 깃든 검은 힘이 움직였다. 소녀를 지키기 위해 저절 로 일어난 힘이었다. 멧돼지가 내뿜는 크르릉 소리가 커질수록 소 녀 안에 두려움이 커졌고, 두려움이 커질수록 소녀 안에 깃든 검 은 힘도 거세졌다. 옛날 소녀는 끓어오르는 힘에 그냥 먹혀버려서 자신이 무엇을 하는지도 모르고 힘을 쏟아냈다. 이제는 그렇지 않 았다. 제 안에서 커지는 힘을 놓치지도 않았고, 힘이 얼마나 큰지 도 뚜렷이 헤아렸다. 힘을 제대로 쓰면 멧돼지쯤은 아무것도 아니라는 생각마저 들었다. 만약 소녀가 멧돼지를 쓰러뜨린다면 제 안에 깃든 힘을 모두 다룰 줄 아는 진짜 마녀가 된다. 미움에 휩쓸려 저도 모르게 쓰는 마력이 아니라 제 뜻에 따라 쓰는 마력이 된다. 마력을 그렇게 다루는 이가 옛날에는 가끔 있었지만, 과학이 눈부시게 커버린 뒤에는 마력을 제 뜻대로 쓰는 마녀는 사라지고 말았다.

마력으로 멧돼지를 쓰러뜨린다면 스스로 엄청나게 센 마녀로 탈바꿈할 수 있다는 점을 소녀도 알아차렸다. 나도 가슴 떨리게 지켜봤다. 오랫동안 나타나지 않던, 이제는 거의 사라지고 없는, 나타나기만 한다면 온 누리를 뒤바꿀, 진짜 마녀가 나타나는 거룩한 모습을 지켜보는 기쁨을 맛보길 기다렸다. 그런데, 그런데, 소녀는 얼토당토않은 짓을 저질렀다. 멧돼지가 곧 소녀에게 달려들려고 할 때에, 마력을 다루는 재주를 오롯이 깨달으려는 때에, 거룩한 마녀가 새롭게 태어나려고 하는 때에, 소녀는 손전등을 끄고 마력도 꺼버렸다. 달빛이 소녀 얼굴을 비쳤다. 얕은 웃음이 소녀 입술에 걸렸다.

"나는 너를 미워하지 않아. 너를 두려워하지도 않아."

소녀는 손전등을 바닥에 내려놓고는 느리게 오른손을 내밀었다.

"나를 무서워하지 않아도 돼."

달빛을 받은 소녀 팔뚝이 하얗게 빛났다.

"잠들었는데 깨어나 보니 여기였어? 어쩔 줄 모르겠다는 네 마음이 나에게도 다가와."

멧돼지 발길질이 멈췄다.

"두렵고 외롭구나. 그래, 목도 마르고."

헉헉 거리던 멧돼지 숨소리도 가라앉았다.

"나는 물 다 떴으니까 네가 마시고 싶은 만큼 물 마셔. 낮에는 산 밖으로 나가지 말고 숨어 있어. 밤에 잘 살펴서 내가 왔던 곳으로 가. 그래, 알아! 사람들이 무섭지? 달님이 길을 알려주실 테니까 믿고 따라가. 시원하게 마시고, 살펴 가. 고마워, 날 믿어줘서."

소녀는 해맑게 웃고는 물통을 들고 산길을 내려갔다. 손전등은 켜지 않았다. 달빛이 이끄는 대로, 아니 둘레에 선 모든 목숨들이 이끄는 대로 걸었다. 풀벌레와 새들이 소녀가 가는 길을 일러주었다. 내 입에선 저절로 꿍 소리가 터져 나왔다. 내가 뜻하지 않은 쪽으로 이야기가 풀려가니 걱정스러웠다.

소녀는 집에 왔고 시간은 새벽 두 시였다. 그때까지 코코는 현관문 앞에서 기다렸다. 소녀는 물을 내려놓고 코코를 껴안고 뽀뽀를 했다. 코코가 혀로 소녀 얼굴을 핥았다. 소녀는 항아리를 달빛이 잘 드는 창가에 두고는 산에서 떠 온 물을 가득 채웠다. 깨끗한 옷으로 갈아입은 뒤 항아리 앞에 꿇어앉았다.

"은비를 찾게 도와주세요."

두 손을 모아 비비며 마음을 다해 빌고 또 빌었다. 그런 다음 날카로운 면도칼을 들고 왼쪽 집게손가락 끝을 그었다. 칼날이 깊이 파고들었는지 곧바로 핏물이 밀려나왔다.

"은비가 있는 곳을 알려주세요."

소녀는 손끝에서 흐르는 피로 항아리 물 위에 이름을 썼다.

은 — 비 —

달빛이 핏물을 머금었다.

핏물이 달빛을 빨아 마셨다.

새하얀 기운이 핏물에서 번지더니 물 위에 흐릿하게 여러 빛깔이 나타났다.

뭔지 살피려고 눈을 모았지만 알아보기 힘들었다.

소녀는 왼쪽 가운데손가락 끝을 면도칼로 그었다.

가운데손가락에서 스미어 나온 핏물이 항아리 위로 떨어졌다.

진한 핏물이 달빛을 더 많이 빨아 마셨다.

핏물도 달빛도 진해지면서 흐릿하던 빛깔이 뚜렷해졌다.

네온사인이 눈부신 거리 뒤편이었다. 어둑한 골목 사이로 모텔 간판이 빛났다. 조금 떨어진 곳에 허름한 술집 간판도 보였다.

"저 모텔이 있는 곳을 알아내야 해."

소녀는 스마트폰을 꺼내 재빨리 모텔 이름을 찾았다. 같은 이름인 모텔이 두 군데였다. 하나는 소녀가 사는 곳에서 멀리 떨어진 어떤 도시 한복판에 있는 모텔이었고, 하나는 소녀가 사는 도시 어느 귀퉁이에 있는 허름한 동네에 있는 모텔이었다. 소녀는 허름한 동네에 있는 모텔이 항아리에 나타난 모텔임을 알았다. 지도로 길을 찾았다. 30분 거리였다. 곧바로 전화를 걸어 택시를 불렀다.

'늦었어. 날이 밝은 뒤에 움직이지 그래.'

코코가 걱정했다.

"안 돼. 날이 밝으면 늦어. 오늘 밤에 꼭 무슨 일이 생길 낌새야. 아침이 되면 외할머니도, 은비도 돌이킬 수 없게 돼."

'그래도'

"걱정해 줘서 고마워. 그리고 이 일은 조금도 미뤄선 안 돼. 어쩔 수 없어."

신발을 신으며 소녀는 코코 머리를 쓰다듬고는 밖으로 뛰어나갔다.

아파트에서 나오는데 택시가 왔다. 소녀는 재빨리 택시에 오르고는 모텔이 있는 주소를 알려주었다.

"너같이 어린애가 이 밤에 어디 가려고? 부모님은 아시니?"

고등학생으로도 안 보이는 여학생이 택시에 올라타서 빨리 가라고 하니 운전기사가 걱정하는 투로 말했다. 소녀는 무언가 좋지 않은 기운이 스멀스멀 피어올랐다. 은비에게 안 좋은 일이 일어날 낌새였다. 잠깐도 머뭇거릴 수 없었다. 소녀는 소리를 버럭 질렀다.

"딴소리 말고 빨리 가요."

운전기사는 소녀에게서 풍기는 기운에 화들짝 놀라며 아무 소리 않고 택시를 몰았다. 소녀는 조금이라도 느려지면 재촉을 했고, 택시는 25분 만에 소녀가 말한 모텔 앞에 이르렀다. 택시에서 내리자마자 소녀는 둘레를 두리번거렸다. 이 어딘가에 은비가 있다는 느낌이 들었다. 모텔에서 조금 떨어진 곳에 항아리에서 본 낡은 술집이 보였다. 술집 쪽으로 뛰어갔다. 술집 안을 살폈다. 50대로 보이는 아주머니 한 분이 가게를 치우고 계셨다.

소녀는 가게 문을 확 열어젖히고 물었다.

"여기 조금 전에 어려 보이는 여자 없었나요?"

아주머니는 시끄럽게 문 열리는 소리에 놀라 들고 있던 그릇을 떨어뜨렸다. 그릇이 산산이 깨졌다.

"못 보셨어요? 어려 보이는 여자?"

"아, 응, 바로 전에 나갔는데."

"어디로요?"

"저기 모텔 쪽으로. 같이 가는 남자도 어려 보이던데. 그래서 내가 ……."

소녀는 아주머니가 하는 말을 더 듣지 않고 문을 확 닫고 모텔 쪽으로 뛰어갔다. 모텔 쪽으로 뛰어가다가 오른쪽에 깊은 어둠을 품은 골목을 지나쳤다. 소녀는 어떤 느낌이 들어 우뚝 멈춰 섰다. 그러고는 골목 쪽으로 몸을 돌렸다. 가로등 불빛 하나 없는 어둠이었다. 범죄가 일어나기 딱 좋은 곳이었다.

소녀는 뛰는 가슴을 달래며 느릿느릿 골목 안으로 발걸음을 옮겼다. 대여섯 걸음 걸었을 때 가느다란 숨소리가 들렸다. 숨소리가 들리는 곳으로 뛰어가니 웬 남자가 쓰러져 있었다. 소녀는 무릎을 꿇고 앉았다. 스마트폰 불빛을 켜서 얼굴을 비췄다. 제 또래 남자였다. 입가에 피가 묻었고, 배를 붙잡고 괴로워하며 가쁘게 숨을 몰아쉬었다. 얼굴과 배를 얻어맞은 듯했다. 남자애는 소녀가 비치는 불빛에 눈이 부셔서 소녀가 여자인지도 몰랐다. 그냥 누군가가 구해주러 왔다고 여기고 힘들게 손을 들어 골목 안쪽을 가리켰다.

'은비가 저쪽에 있어'

소녀는 몸을 일으켜 스마트폰 불빛을 비추며 골목 안쪽으로 뛰어갔다. 그때 무언가 픽~ 하고 부딪치는 소리가 들렸다. 그리고 짧지만 뚜렷하게 여자가 괴로워하며 내지르는 소리도 들렸다. 소녀는 더 빠르게 뛰었다. 소녀 앞에 골목 안 모습이 흐릿하게 드러났다. 남자 청년 셋! 그리고 그 앞에 쓰러진 은 — 비 — .

소녀가 나타나자 청년, 아니 치한 셋이 똑같이 소녀 쪽을 봤다. 소녀가 든 스마트폰 불빛이 눈부신지 한 손으로 얼굴을 가리던 치한 셋은 주머니에서 스마트폰을 꺼내 불빛을 환하게 한 뒤 한꺼번에 소녀 쪽을 비췄다. 세 개 불빛이 소녀를 노렸다.

"허이고. 이게 웬 떡이야!"

"우리 오늘 복 받았나 봐."

"제 발로 저런 파릇파릇한 애가 굴러들어 오네."

치한들은 실실 웃으며 소녀 쪽으로 다가들었다.

소녀 안에서 그때까지 단 한 번도 일어난 적 없는 무서운 노여움이 끓어올랐다. 은비에게 저주를 내릴 때와도 견줄 수 없는 엄청난 노여움이었다. 검은 힘이 휘몰아치며 소녀 몸을 한 바퀴 돈 뒤에 머리 쪽으로 치솟아 올랐다. 머리카락 한 올 한 올에 마력이 깃들며 꼿꼿하게 뻗쳐올랐다. 눈동자는 흰자위를 잃고 온통 검붉은 빛으로 물들었고, 입에서는 새빨간 핏물이 뚝뚝 떨어졌다. 은비 이름을 쓰려고 그었던 왼쪽 집게손가락에서도 시뻘건 핏물이 뚝뚝 떨어졌다. 소녀 몸에서 떨어진 피는 바닥에 닿기 바로 전에 하늘로 치솟으며 붉은 동그라미를 그렸다. 잠깐 구름에 가려 있던 붉은 달이 다시 모습을 드러냈다. 치한들은 뭔지 모를 두려움에 발걸음을 멈추었다. 무서움에 뒷걸음질을 치려고 했으나, 발이 떨어지지 않았다. 골목 바닥에서 새카만 손이 올라와 발목을 움켜잡았다.

"모―조―리―팔―다―리―가―부―러―져―."

지옥을 달구는 핏빛 벽을 긁으며 내는 소리가 저럴까? 이제까지 그 어떤 마녀도 저런 무시무시한 목소리로 저주를 내린 적은 없었다. 소녀는 제 몸 안에서 뿜어져 나오는 검붉은 마법을 뚜렷이 느꼈다. 입술과 손끝에서 떨어지는 핏물에 깃든 마력이 무엇이든 깨부술 만큼 엄청나다는 점도 뚜렷이 느꼈다. 제 힘을 오롯이 느끼면서 마력을 쏟아냈다. 마침내 소녀는 진짜 마녀가 되었다.

그때 내가 얼마나 큰 기쁨을 느꼈는지 여기에 모두 털어놓고 싶지만 애써 참는다. 이곳에는 내 얘기가 아니라 소녀 얘기를 써야 하기 때문이다. 무척 기뻤지만 살짝 아쉬웠다. 나라면 죽이지 않더라도 팔다리 하나쯤은 끊어버렸을 텐데……. 아쉽기는 하지만 진짜 마녀가 된 첫 저주치고는 괜찮았다.

소녀가 저주를 내리자 소녀를 휘감아 돌던 핏빛 동그라미에서 검붉은 기운이 치한을 겨냥하고 날아갔다. 검붉은 기운이 치한 다리 하나를 세게 때리자 우지끈하며 다리가 그대로 부러졌다. 다리가 부러지자 치한은 숨이 끊어질 듯한 아픔에 울부짖으려고 했으나, 땅에서 검은 손 하나가 튀어나와 입을 틀어막아서 소리도 내지르지 못했다. 이어서 검붉은 기운이 잇따라 치한들에게 날아갔다. 검은 기운은 모두 열한 번 더 치한들에게 날아갔고, 다리 부러지는 소리도 열한 번 더 났고, 괴로움에 몸부림치며 내지르려는 울부짖음을 틀어먹는 검은 손길도 열한 번 더 땅에서 치솟았다.

소녀가 저주를 걸었지만 치한들만 쓰러지고 아무도 다치지 않았다. 퍼붓는 힘만 있고 되돌아오는 힘은 없었다. 소녀는 몰랐지만 이제 소녀는 저주를 걸어도 다치지 않게 되었다. 물론 소녀가 사랑하는 사람들도 마찬가지다. 진짜 마녀가 되면 검은 마력을 빈틈없이 움직일 힘을 얻는다. 소녀가 저런 데까지 이르다니 놀라웠다. 몇 백 년 만이다. 몇 백 년 만에 제대로 된 진짜 마녀가 나타났다. 소녀 앞에 나아가 덩실덩실 춤이라도 추고 싶었지만 겨우 참았다.

치한들이 팔다리가 부러지며 골목에 쓰러지자 소녀는 재빨리 다가가 은비를 끌어안았다.

"은비야! 괜찮아?"

은비 입에서 하얀 거품이 나오고, 몸은 주체할 수 없을 만큼 떨렸다.

"내가 잘못했어. 내가 너한테 심한 말을 했어. 결코 해서는 안 될 말을 너한테 퍼부었어. 잘못했어. 내가 잘못했어."

소녀는 울먹이며 은비를 꼭 끌어안았다.

은비는 아무 말도 못하고 덜덜 떨면서 그냥 소녀 품에 몸을 내맡겼다. 검은 기운이 은비 숨결을 타고 밖으로 빠져나와 소녀에게 스며들었다. 소녀는 은비를 일으켜 세우고 골목 밖으로 걸어 나왔다. 걸어 나오다 보니 골목 앞쪽에 쓰러져 있던 남자애는 보이지 않았다. 몸을 추스를 힘이 돌아오자 잽싸게 도망친 모양이었다.

소녀는 은비를 꼭 껴안고 택시를 불러서 탔다. 택시를 타는 내
내 소녀는 은비를 꼭 껴안기만 할 뿐 아무 말도 하지 않았다. 그때
소녀 휴대전화에서 문자가 왔다는 소리가 울렸다. 소녀는 스마트
폰을 열었다. 새벽 3시 30분이었다. 문자를 봤다. 엄마가 보낸 문
자였다.

"할머니가 깨어나셨어. 의사 말이 기적이래. 아침에 일어나서
이 문자 보겠지? 일어나면 전화하렴. 할머니가 깨어나자마자 네
걱정 하셨어. 꿈에 네가 피를 흘리며 괴로워하는 모습을 보았대.
할머니 걱정 안 하시게 아침 일찍 전화하렴."

소녀 얼굴에 하얀 웃음꽃이 피어났다. 붉은빛을 머금은 보름달
이 소녀를 비추며 느릿느릿 따라왔다.

11
새로운 마녀가 나타날 차례

소녀는 은비를 데리고 집으로 왔다. 현관문을 여니 코코가 반갑게 맞이했다. 코코가 꼬리를 흔들며 소녀 다리에 몸을 비볐다. 소녀는 코코를 쓰다듬어 준 뒤에 은비를 제 방으로 데려갔다. 그때까지 은비는 한 마디 말도 하지 않았다. 은비는 침대에 눕자마자 깊은 잠에 빠져들었다.

소녀는 방문을 닫고 거실로 나왔다.

'술 냄새 나'

코코가 코를 찡그렸다. 소녀는 코코 배를 간질였다. 코코는 배를 내밀며 꼬리를 살랑거렸다.

"그래 코코. 은비가 참을 수 없을 만큼 힘들어서 그래. 이제 다

끝났어. 은비가 겪는 아픔도, 저주도 다 끝났어."

소녀는 코코를 안고 소파에 앉았다. 코코가 참 따뜻했다. 졸음이 쏟아졌다. 이대로 잠들면 아침에 일찍 일어나지 못할 성 싶었다. 시계를 봤다. 새벽 4시가 가까웠다. 잠깐 망설이다가 엄마에게 전화를 걸었다.

"이 새벽에 우리 딸 깨어 있었어?"

"응. 할머니 깨어나셨단 문자 봤어."

"깨어나자마자 너 걱정하시더라."

"할머니도 참. 할머니랑 통화 돼?"

"잠깐만."

할머니 목소리를 기다리면서 소녀는 코코 머리를 쓰다듬었다.

"너 괜찮니?"

"할머니도 참~! 할머니가 괜찮으신지 제가 여쭤봐야죠."

"이 할미야 이렇게 깨어났으니 괜찮지."

"걱정 많이 했어요."

코끝이 찡했다.

"할미가 꿈을 꾸었는데 네가 피를 흘렸어. 입에서도, 손에서도 검붉은 피를 마구 흘렸어. 머리카락은 사방팔방으로 뻗고, 귀신처럼 보이는 검은 기운이 너를 빙글빙글 도는데, 어휴, 무서워 혼났다. 너 정말 괜찮니?"

아무래도 할머니는 꿈에 소녀가 마력을 쓰는 모습을 엿본 모양이다. 어떻게 해서 그런 일이 벌어졌는지는 나도 잘 모르겠다.

"할머니는 쓰러져서도 제 걱정만 하셨나 봐요. 저는 멀쩡해요. 걱정 마세요. 할머니."

"그래, 그래! 멀쩡하다니 내가 마음이 놓인다."

"할머니께서 깨어나셔서 얼마나 기쁜지 몰라요."

"하이고, 내가 누구 때문에 다시 살아났나 했더니 우리 손녀 걱정 때문이었구나. 고맙네. 아이고, 옆에서 의사 선생님이 그만 쉬라고 하네. 이제 그만 끊어야겠다."

"네, 할머니, 푹 쉬세요."

전화를 끊었다. 코코가 전화기를 든 소녀 손을 부드럽게 핥았다. 할 일을 모두 끝내니 갑자기 졸음이 쏟아졌다. 온 몸에 힘이 싹 빠져나가면서 몸에 기운이 하나도 없었다. 소녀는 소파 위로 쓰러져서 그대로 잠이 들었다.

12시가 다 돼서야 일어났다. 소녀가 일어나자 코코도 움직였다. 방문을 열었다. 때마침 은비도 눈을 떴다.

"일어났네."

소녀가 다가가자 은비는 겁을 집어먹고 몸을 웅크렸다.

"괜찮아. 이제 다 괜찮아."

소녀는 은비를 꼭 껴안았다. 은비는 딱딱하게 굳어진 채 소녀 품에 몸을 내맡겼다.

"내가 잘못했어. 너한테 그런 못된 말을 해서는 안 됐는데, 내가 정말 못된 말을 했어. 네가 내 말로 인해 겪었던 괴로움은 이제 다 끝났어. 모두 제자리로 돌아올 테니까 걱정 마. 다시 그 옛날 상큼하고 풋풋한 은비로 돌아가자. 꼭 그러자."

소녀는 은비 등을 쓰다듬으며 은비 마음이 풀어질 때까지 말하고 또 말했다.

소녀가 은비를 따뜻하게 다독이자 은비는 훌쩍훌쩍 울었다. 울음은 점점 커지다 봇물처럼 터졌다. 그동안 울고 싶어도 참았던 울음을 한꺼번에 터트렸다. 말 그대로 펑펑 울고, 엉엉 울었다. 윤재와 싸운 뒤로 별의별 괴로움을 다 겪으면서도 은비는 한 번도 울지 않았다. 울고 싶은 적은 많았지만 웬일인지 눈물 한 방울 나지 않았다. 아빠에게 맞을 때 울면서 싹싹 빈 적은 있지만 그때는 진짜 울음이 아니었다. 무서워서, 맞고 싶지 않아서 우는 척했을 뿐이다. 오랫동안 참고 참았던 눈물이 한번 터지자 그칠 줄 몰랐다. 그 동안 쌓였던 설움이 한꺼번에 끓어 올라 은비를 가득 적셨다.

한참을 울고 난 뒤에야 은비는 눈물을 닦으며 소녀 품에서 몸을 뺐다.

"내 얼굴 엉망이지?"

"아니, 예뻐. 이제까지 본 그 어떤 사람보다 예뻐."

은비가 배시시 웃었다. 은비와 단짝으로 지낼 때 늘 마주했던 웃음이었다.

"내가 정말 잘못했어. 그깟 남자가 뭐라고 너를 속이고 윤재에게 거짓말을 했으니, 이런 벌을 받아도 싸."

"아니야. 사랑은 죄가 아니야. 너는 그저 윤재를 사랑했을 뿐이야. 내가 못됐지."

"아니야. 내 잘못이 더 커!"

소녀는 은비를 와락 껴안았다. 은비도 소녀를 꼭 껴안았다.

그렇게 소녀가 은비에게 내린 저주는 깨끗하게 사라졌다. 그리고 저주로 인해 일어난 모든 일들도 빠르게 제자리로 돌아갔다. 소녀는 은비 엄마에게 전화를 걸었고, 은비는 엄마 품으로 돌아갔다.

그날 밤 은비 아빠가 돌아왔다. 은비 아빠는 딸과 아내에게 무릎 꿇고 잘못을 빌었고, 다시 따뜻하고 듬직한 아빠가 되겠다고 다짐했다. 이틀 뒤 오빠가 감옥에서 나왔다. 오빠는 검정고시로 고등학교 졸업장을 딴 뒤에 대학에 가겠다며 다시 공부를 했다. 놀고 사고치고 다니던 모습은 다 사라지고 공부 잘하는 오빠로 되돌아왔다. 은비는 소녀가 다니는 학교를 다시 다녔다. 한 해를 쉬었기 때문에 2학년으로 들어왔다. 소녀는 틈만 나면 은비와 어울리며 은비가 뒤떨어진 공부를 따라잡을 수 있게 도왔다. 은비 아빠는 옛 친구와 힘을 합쳐 다시 사업을 벌였고, 아주 큰돈을 벌었다. 그 해가 가기 전에 은비네는 아담한 아파트를 장만했다.

윤재도 옛날 멋진 모습으로 돌아왔다. 윤재는 학교에 가기 싫다면서 검정고시로 중학교와 고등학교를 마치고 대학에 가겠다며 부지런히 공부했다. 윤재 아빠 가게는 손님이 갑자기 늘어서 큰돈을 벌었고, 윤재 엄마는 다시 집에서 자식들을 돌보았다. 엄마가 돌보자 윤재 동생도 학생다운 모습을 찾았다. 모두가 제자리를 잡았다. 저주에서 벗어나 제 삶을 살았다.

딱 한 사람, 소녀만 옛날로 돌아가지 못했다. 소녀는 진짜 마녀가 되었기 때문이다. 소녀는 이제 제 힘을 제 마음대로 다룰 줄 알게 됐다. 몸 안에 깃든 검은 마력을 뚜렷이 느끼고, 검은 마력을 뜻하는 대로 움직일 줄 알았다. 힘을 지녔지만 소녀는 힘을 쓰지 않았다. 두려웠기 때문이다. 제가 지닌 무시무시한 힘이 어떤 끔찍한 일을 만들어내는지 알기 때문에 늘 말을 아끼고 사람을 함부로 대하지 않았다.

고등학생이 되어서도 소녀는 말없이 지냈다. 꼭 해야 할 때만 나쁜 말인지 아닌지 따져가며, 잘못된 말이 나오지 않도록 마음을 쓰며 말을 꺼냈다. 미워하는 마음이 생기지 않게 하려고 애썼다. 싫고 못된 짓을 하는 애들을 봐도 못 본 척했다. 아무리 나쁜 짓을 하는 애도 함부로 미워하지 않으려고 했다.

물론 고비도 있었다. 초등학생 때 만났던 노만길 선생 못지않게 못된 홍종남 선생 때문이었다. 홍종남 선생은 공부 못하는 애들을 사람으로 여기지 않는 못된 선생이었다. 홍종남 선생이 하는 짓을 볼 때마다 소녀는 불끈불끈 부아가 치밀었지만 꾹 참았다. 미움이 치밀어 오를 때마다 검은 마력을 다스리기가 무척 힘들었지만 억누르고 또 억눌렀다. 한 번 일어난 검은 마력은 아무리 눌러도 사라지지 않고 소녀 몸을 타고 움직였다. 몸 곳곳을 헤집고 다니는 검은 마력을 밖으로 쏟아내지 않으면 몸이 타버릴 듯 괴로웠다. 그럴 때면 소녀는 아무도 없는 산이나 외진 곳으로 가서 목숨이 없는 바위나 콘크리트 더미를 향해 검은 마력을 쏟아 부었다. 웬만큼 큰 바위나 콘크리트도 소녀에게서 쏟아지는 마력을 받으면 모래알처럼 부서졌다. 그런 엄청난 마력을 지녔으면서도 소녀는 마력을 쓰지 않았다.

그런 소녀를 지켜보는 나는 점점 지쳐갔다. 소녀 이야기가 점점 재미없어졌기 때문이다. 이제까지 있었던 그 어떤 마녀보다 센 마력을 지녔고, 이젠 마력을 쏟아 부어도 자신은 다치지도 않으며, 둘레에 있는 사람조차 다치지 않게 하면서 저주를 걸 수도 있고, 검은 힘으로 나쁜 사람을 곧바로 혼내줄 수 있는데도 소녀는 그 힘을 쓰지 않았다. 도대체 왜? 나로서는 알 수 없는 노릇이었다.

나는 오랫동안 곰곰이 생각했다. 도대체 무엇이 소녀로 하여금 검은 마력을 쓰지 않게 마음먹도록 했는지 알아야 했다. 이야기가 이대로 재미없게 흘러가게 둘 수는 없기 때문이다. 소녀 마음을 속속들이 살폈다. 아무리 꼼꼼히 살펴도 보이지 않았다. 나는 소녀 마음을 낱낱이 안다고 생각했는데 그렇지 않았다. 소녀 마음에 깃든 흰 빛은 뜻밖에도 꽤나 세서, 내 눈을 가렸다. 흰 빛은 내가 엿볼 수 없는 울타리를 만들어 소녀 마음을 보여주지 않았다. 처음엔 울타리를 만든 흰 빛이 무엇인지 몰랐다. 살피고 또 살핀 뒤에야 흰 빛이 어디에서 비롯했는지 알아냈다. 흰 빛은 소녀 마음 깊은 곳에서 우러난 '사람에 대한 안타까움'이었다. 아무리 부아가 치밀어도, 아무리 미움이 일어나도 소녀는 사람에 대한 안타까움을 버리지 않았다. 그러니 애들이 꼴통 짓을 해도 미워하지 않았고, 사람 같지 않은 선생이 미친 짓을 해도 미움보다는 안타까움으로 바라보았다. 안타까움을 만들어내는 힘은 바로 벌레와 새들과도 마음을 나누는 재주였다. 뭇 목숨과 마음을 나눌 줄 아니 다른 사람 마음이야 더 잘 느꼈고, 그 사람 진짜 마음을 아니 아무리 미워도 저주를 하거나 검은 마력으로 혼내지 못했다. 다른 사람 마음을 알아차리고, 받아들이고, 안타까워하면 미움이 자라지 않는다.

흰 빛이 무엇인지 알아차린 뒤 나는 가슴이 무너져 내리는 괴로움을 맛보았다. 단지 소녀가 진짜 마녀로 살아가지 않기 때문이 아니었다. 그때까지 나도 몰랐던, 마력이 지닌 딜레마를 알아버렸기 때문이다. 소녀는 마음을 나눌 줄 알았고, 마음을 나눌 줄 아는 힘 때문에 수백 년 만에 진짜 마녀로 거듭났다. 그러나 바로 그 마음을 나눌 줄 아는 힘이 진짜 마녀로 살아가지 못하게 가로막았다. 소녀는 진짜 마녀였지만 진짜 마녀로 살아갈 수 없었다. 소녀는 마녀에 어울리지 않았다.

나는 이렇게 생각을 마무리하고 소녀에게서 검은 마력을 없애기로 했다. 이제 새로운 마녀가 나타날 차례였다. 물론 나는 이미 새로운 마녀가 될 애들을 넉넉히 찾아 두었다. 소녀 몸에 깃든 마력이 빠져나가기만 하면 새로운 마녀는 바로 나타난다.

소녀가 고등학교 2학년이 되었을 때 소녀 학교에 교생들이 왔다. 소녀는 늘 말을 아끼고, 하더라도 남들에게 나쁘게 들리는 말은 결코 내뱉지 않았다. 교생 선생님들이 온 뒤에도 별로 마음에 두지 않았다. 마음을 두면 미움이 일고, 미움이 일면 검은 마력이 끓어올라 애꿏은 바위를 부셔야 하기 때문이다.

점심을 먹고 막 밖으로 나가려고 할 때였다.

"소율아!"

낯선 이름이지만 결코 잊어 본 적 없는 이름이었다.

발길을 멈추고 소율이라 불리는 이가 누군지 재빨리 찾았다.

"소율아! 나랑 같이 문방구에 안 갈래."

"소율이가 뭐니. 이소율 선생이라고 해야지."

여자 교생 둘이 눈에 들어왔다. 두 사람 가운데 한 사람이 소율이었다.

"어휴, 제가 잘못했어요. 이소율 선생님!"

"야, 애들 있는데."

"히히히, 뭐가 어때서."

"그나저나 문방구는 왜?"

"응, 수업 때 뭘 좀 쓰려고."

소녀는 두 교생에게 바짝 다가갔다.

"혼자 가지 나는 왜 데리고 가냐? 우리가 뭐 여고생이냐? 가는 곳마다 뭉쳐 다니게."

"야, 그래도 같이 가자. 심심하단 말이야."

"알았어, 알았어. 같이 가자."

소녀는 '소율'이란 이름을 지닌 교생 얼굴을 뚫어져라 쳐다봤다. 무언가 낯선 눈길을 느꼈는지 소율도 둘레를 두리번거리다 소녀와 눈이 마주쳤다. 소녀와 소율이 나누는 눈길이 빈 곳에서 얽혔다.

"야, 어딜 봐. 빨리 가자."

친구 교생이 끌자 소율은 마지못해 눈길을 돌렸다. 친구와 함께 가면서도 소율은 여러 번 고개를 돌려 소녀를 봤다.

그날 저녁, 야자를 하는데 소율이 소녀를 찾아왔다.

"나랑 따로 가서 얘기 좀 할래."

소율은 소녀를 이끌고 운동장 귀퉁이 가로등 아래 의자로 갔다.

"답답한 교실보다는 아무래도 운동장이 좋아. 나는 탁 트인 곳이 좋더라."

소녀는 한 마디 말도 않고 소율 눈만 바라봤다.

"내가 널 왜 불렀는지 궁금하지?"

소녀는 아무 대꾸도, 몸짓도 하지 않았다.

"소율이란 이름, 잘 알지?"

소녀는 꿈쩍도 하지 않았다.

"네가 피로 항아리에 담긴 물 위에 쓴 이름, 네가 검은 마력을 지니게 된 바로 그날에 붉은 달빛과 샛별이 쏟아내는 기운을 받게 해 준 이름, 소율! 그 이름 임자가 바로 나, 이소율이야."

"소 ― 율 ― ."

소녀는 얕고 길게 소 ― 율 ― 이란 이름을 따라했다.

"나도 어느 날 문득 항아리에 담긴 물 위에 어떤 이름을 쓰고 검은 마력을 지니게 됐어. 넌 어떨지 모르겠지만 나는 내 힘을 잘 몰랐어. 그냥 미워하는 애들에게 어떤 말인지를 퍼붓고 나면 속이 시원했어. 그 뒤에 벌어지는 일에는 마음을 두지 않았어. 내가 미위하는 애가 끔찍한 일을 겪는지 어떤지도 몰랐어. 그냥 쏟아내고 나면 마음이 가라앉고 흐뭇하긴 했는데 꼭 그러고 나면 내가 다쳤어. 찔리기도 하고, 넘어지기도 하고, 어쩔 땐 깁스를 할 만큼 다치기도 했어. 물론 너는 내 말이 어떤 뜻인지 잘 알겠지?"

소녀는 소율 눈을 똑바로 보며 눈을 깜빡였다.

"처음엔 신나서 막 했는데, 어느 날 내가 저주를 퍼부은 친구네 집이 끔찍하게 무너지는 모습을 보고 내가 지닌 힘을 깨달았어. 그 힘이 얼마나 무서운지도."

소율 눈이 슬픔에 물들었다.

"걔네 집 엄마 아빠가 이혼하고, 언니는 자살했어. 걔가 언니 방문을 열고 들어가는데, '잘 있어'란 말을 남기고 바로 눈앞에서 뛰어 내렸대. 아~~!"

소율은 깊은 괴로움을 토해냈다.

"내가 뭐라고 한 가족을 끝장내 버렸을까? 내가 정말 그 애 가족이 박살나기를 바랐을까? 나는 그냥 잠깐 걔가 미웠을 뿐이야. 그냥 조금 미웠는데, 내 미움이 그런 끔찍한 일을 저지르다니……, 내가 내 잘못을 그대로 봐 줄 수 없었어. 무엇보다, 무엇보다 목숨은 또 다른 목숨으로 갚아야 했어. 우리 할머니가… 걔네 언니가 자살한 바로 그때… 심장마비로 돌아가셨어. 아주 튼튼하게 사시던 분이었는데 말이야. 내가 할머니를 죽게 했어. 할머니가 나를 얼마나 예뻐했는데, 내가 할머니께 그런 짓을 하다니. 나는 살인자야. 사람을 둘씩이나 죽인 살인자!"

소율 말을 들으며 소녀는 외할머니를 떠올렸다. 그날 밤, 은비를 지켜내지 못했다면 외할머니도 돌아가시고, 은비도 죽었을지 모른다는 생각을 하니 등골이 오싹했다.

"난 그 뒤로 말을 잃은 아이가 됐어. 수다스럽고 놀기 좋아하고 아무에게나 말을 막 했던 나였는데, 웬만해선 입도 벙긋 안하게 됐지. 미치도록 답답했지만 꾹 참았어. 내가 아무렇게나 내뱉은 말이 어떤 사람 삶을 무너뜨릴지도 모르기 때문이었어. 나에겐 누군가를 망가뜨릴 힘이 있지만, 누군가 삶을 망쳐도 될 권리는 없으니까."

"제가 요즘 그래요."

소녀가 처음으로 입을 열었다.

"그럴 줄 알았어. 그래서 내가 널 만났겠지. 이게 검은 마력을 한때 지녔던 이가 해야 할 마지막 일이니까."

한때 지녔다는 말이 소녀 가슴을 쿵하고 울렸다.

"그럼 이젠 그 힘을 못 쓰나요?"

"못 쓴다는 말은 알맞지 않아. 나는 그 힘을 버렸어."

"어떻게요?"

소녀 눈에서 반가운 빛이 일렁였다.

"얼을 때와 똑같아. 피로 네 이름을 쓰면 돼. 그럼 내 힘에 이끌린 누군가가 네 이름을 쓰고 네 힘을 가져가. 그럼 끝! 그리고 언젠가 때가 되면, 네 힘을 이어받은 이가 그 힘을 더는 쓰고 싶지 않다고 느낄 때가 되면, 네가 그 누군가를 찾아가서 나처럼 하면 돼. 어떻게 만날지는 생각하지 않아도 돼. 힘을 지닌 이가 널 알아보니까. 할머니가 돌아가신 지 한 해가 지난 뒤에 나도 그 사람을 만났어. 이름을 듣자마자 바로 알아봤어, 너처럼!"

소녀는 입술을 지그시 깨물었다.

"너, 정말 말이 없구나! 아무튼 힘을 어떻게 하면 버릴 수 있는지 알게 되자마자 나는 곧바로 버리기로 마음먹었어. 그런데 내 이름을 적으려는 바로 그때, 잠깐 망설였어. 꼭 버려야 할까? 정말 나쁘고 미운 사람에게 제대로 쓰면 되지 않을까? 그러다 돌아가신 할머니가 떠올라서 바로 생각을 접었어. 진짜 벌 받을 사람에게 저주를 내리면 내 재주가 쓸모가 있긴 하겠지만, 그 때문에 내가 사랑하는 누군가가 다치거나 죽게 하고 싶지는 않으니까. 내 이름을 물위에 쓰자마자 검은 마력이 바람 빠진 풍선처럼 내 몸에서 빠져나갔어."

소율은 그때 일을 떠올리며 씁쓸하게 웃었다.

"마력이 사라지고 난 뒤 얼마나 몸과 마음이 가벼워졌는지 몰라. 노예에서 벗어날 때 아마 그런 느낌일까? 그 뒤로 딱 한 번 마력이 있으면 좋겠다는 생각이 들었어. 고1때, 우리 학교 식당 밥이 엉망진창이 된 적이 있었어. 그때 우리 학교 영양사 선생님, 아니 그때는 빵순이라고 불렀는데, 아무튼 빵순이가 학교 식당 앞에서 날 엄청 깠어. 내가 담임 선생님께 저녁 밥 먹는다고 말씀드렸는데, 급식단말기에 카드를 대니까 미신청이라고 떴거든. 나는 담임 선생님께 저녁 먹겠다고 말씀드렸다고 몇 번이나 말했는데도 빵순이는 안 믿었어. 내가 몰래 저녁밥 먹으려고 거짓말을 한다고 날 몰아붙였어. 내가 거짓말쟁이라니! 어찌나 부아가 치미는지 그 자리에서 나도 모르게 저주를 퍼부으려다 꾹 참았지. 한바탕 대들고 싶기는 했지만 나에겐 마력이 없으니까. 저주를 퍼부으면 내게 어떤 일이 벌어질지 뻔하잖아? 그래서 꾹 참고 속으로 삭혔지. 그때를 빼놓고는 이제까지 마력을 쓰고 싶은 적은 없었어. 자, 내가 너에게 할 말은 다했어."

말을 마친 소율은 옷을 툭툭 털며 일어났다.

"선생님!"

소녀가 입을 열었다.

"선생님! 에이, 낯간지럽게 선생님이 뭐냐, 선생님이, 그냥 언니라고 불러."

소율이 배시시 웃었다.

"언니, 어쩌면 고1 때 학교 식당이 엉망이 된 까닭은 제가 내린 저주 때문인지도 몰라요. 제가 저주를 내린 어떤 애 엄마가 학교 영양사 선생님이었어요."

"그래? 그럴까? 음~ 아닐걸? 몇 달 만에 학교 식당이 다시 좋아졌는데…… 저주가 걸렸다면……."

소율은 골똘히 생각하며 고개를 갸웃거렸다.

"제가 저주를 퍼부은 애에게서 저주를 거둬들였으니까요."

"정말? 저주를 거둬들일 수도 있어?"

소율은 깜짝 놀라며 다시 의자에 앉았다.

"저주를 내린 사람을 마음 깊이 용서해주면 돼요. 그럼 저주가 바로 풀려요."

"아~! 난 몰랐는데."

갑자기 소율 눈에 눈물이 맺혔다.

"내가, 내가, 걔를 용서했다면, 할머니가 심장마비로 돌아가시지 않아도 됐는데, 걔네 언니가 자살하지도 않았을 텐데. 용서해줄 걸, 할머니가 돌아가셨다는 말을 들었을 때도, 내가 퍼부은 저주가 어떻게 움직이는지 알게 된 뒤에도, 그냥 어쩔 줄 모르고 괴로워만 했어. 걔 삶은 아직까지 엉망일 텐데, 다시 얼굴을 본다면 무릎 꿇고 잘못했다고 빌 텐데. 아~~!"

응어리진 슬픔이 두 볼을 타고 흘렀다.

"이제 저주는 끝났어요. 언니가 흘린 이 눈물이 저주를 없앴어요."

소녀는 소율 손을 꼭 잡았다.

"정말이니?"

"네. 모두 제자리로 돌아가게 돼요. 물론 죽은 사람은 살아날 수 없지만, 아픔은 끝나요. 언니가 저주를 내렸던 그 사람, 이제 기쁨만 누리며 살게 돼요. 그러니 그만 마음 아파하셔도 돼요."

"넌, 그걸 어떻게 알아?"

두 볼을 타고 흐르던 눈물이 멈췄다.

"전 진짜 마녀예요. 전 마력이 지닌 힘을 다 알아요. 어떻게 써야 하는지도 다 알아요. 이제 제가 저주를 내린다고 옆 사람이 다치지 않아요. 물론 저도 다치지 않고요."

"저주가 이루어지려면 저주를 내린 사람이 다치거나, 사랑하는 사람이 다쳐. 저주가 죽음이라면 내 사랑하는 사람도 한 사람 죽어야 해. 그런데 넌 안 그렇다고?"

소녀는 소율 손을 감싸던 제 손을 놓았다.

"제 손을 보세요."

소율은 소녀 손을 봤다. 오른손에 검은 빛이 감돌았다. 소녀는 의자 뒤쪽 쇠를 슬쩍 오른손으로 쥐었다. 소녀 손이 스치자 단단하던 쇠가 부드러운 빵처럼 툭하고 바스러졌다. 소율은 깜짝 놀라 뒤로 물러나 앉았다.

"전 제 안에 깃든 힘을 마음대로 다룰 줄 알아요. 제가 사랑하는 이가 다치지 않고, 저도 전혀 다치지 않은 채 제가 미워하는 사람에게 저주를 씌워 버릴 수도 있어요."

소율은 소녀 입가에 걸린 얇은 웃음을 놓치지 않고 보았다.

"그래서 전 제가 지닌 힘 때문에 언니처럼 사랑하는 사람이 다칠까 봐, 죽을까 봐 걱정은 안 해요."

"그럼 너는 네 힘을 버리지 않을 생각이니?"

"아니요. 버릴 생각이에요."

"왜?"

"언니 말처럼, 제겐 누군가를 벌 줄 권리가 없어요. 아무리 나쁜 사람도, 아무리 제가 미워하는 사람도 마찬가지에요. 다 나름 아픔이 있어요. 그 아픔을 느끼기에 벌을 줄 수가 없어요."

"나라면, 마력을 오롯이 내 뜻대로 다룰 재주가 있다면, 나는 내 힘을 버리지 않았을지도 몰라."

"언니가 그랬잖아요. 힘이 있지만 누군가 삶을 망칠 권리는 내게 없다고."

"맞아. 나는 내 힘을 어떻게 다뤄야 할지 몰랐기 때문에 그렇게 생각했어. 그렇지만 너는 알잖아. 그 힘을 진짜 나쁜 사람에게만 쓰면 되지 않을까?"

"어쩌면 언니 말이 맞을지도 몰라요. 그렇지만 제가 생각한 나

뻔 사람이 진짜 나쁜 사람일까요? 진짜로 나쁜 사람에게만 저주를 건다고 쳐요. 그런데 언니도 겪어봤겠지만 제 힘은 나쁜 사람뿐 아니라 그 옆에 있는 사람들에게도 스며들어요. 아무 잘못도 없는 사람들까지 나쁜 일을 당해요. 그러면 안 되잖아요. 어느 날 갑자기, 별 생각 없이 누군가를 미워하는 마음이 툭 튀어나오면 어떻게 하죠? 바르게 힘을 쓰겠다고 아무리 마음을 먹어도 제가 늘 바르게만 힘을 쓸까요? 어른이 돼서 나쁜 마음이 들면 어떡하죠? 저는 저를 믿지 못하겠어요."

소녀는 제 속내를 고스란히 드러냈다.

소율은 소녀 마음이 참 따뜻하다고 느꼈다.

"너는 정말 착하구나. 어쩌면 너야말로 마력을 차지할 딱 알맞은 임자인지도 몰라."

"전 제 힘이 두려워요. 정말 두려워요."

"두려워할 줄 아는 사람이 힘도 제대로 쓸 줄 알아. 난 두려움 없이 내 힘을 썼어. 그래서 두 사람이나 죽음으로 내 몰았고."

"몰랐잖아요. 그만 괴로워하세요."

"아니, 살아가는 내내 괴로워야 해. 그래야 다시는 그런 잘못을 저지르지 않지."

소율 가슴에 응어리진 슬픔을 소녀도 그대로 느꼈다.

갑자기 소율이 일어났다.

176

"내가 할 일이 끝났네. 이제야말로 그 검은 마력에서 깨끗이 벗어났어."

소율은 두 팔을 하늘 높이 치켜들었다.

"검은 마력을 버리고 싶다면, 나처럼 마음 놓고 살고 싶다면 버리렴. 어느 사람처럼 살아도 나쁘지 않아."

소녀도 움직이지 않고 가만히 있었다. 소율은 소녀 어깨를 툭한 번 치고는 학교 건물 쪽으로 걸어갔다. 소녀는 가만히 앉아 사라지는 소율을 바라봤다. 마력에서 벗어난 가벼운 발걸음이 부러웠다. 소녀도 곧 그렇게 된다. 소녀는 이제 마녀에서 벗어나기만 하면 된다. 이제 소녀가 아닌 다른 소녀가 마녀가 지닌 힘을 물려받게 된다. 마력을 떠나보내고 나면 소녀 이야기는 끝나고, 다른 이야기가 펼쳐진다.

12
내 앞에 소녀가 보인다

붉은 보름달이 떴다. 항아리에 물도 가득 담았다. 깨끗한 옷으로 갈아입고 달빛이 환히 들어찬 창가에 무릎을 꿇고 앉았다. 수건을 무릎 위에 올린 뒤 오른손으로 면도칼을 잡았다. 날카로운 칼끝이 왼손 새끼손가락에 닿았다. 힘을 주어 그었다. 피가 배어 나왔다. 피 한 방울이 수건에 떨어졌다. 항아리 쪽으로 손을 옮겼다. 이제 소녀 이름을 쓰면 된다. 그럼 모든 나쁜 일은 끝난다. 피 한 방울이 항아리에 떨어졌다. 붉은 기운이 달빛을 한 움큼 머금었다. 그때, 소녀가 손을 꽉 쥐더니 다시 수건 위에 올려놓았다.

소녀가 입술을 깨물었다. 무언가 깊이 생각할 때마다 하는 버릇이었다.

'나 말고 누가 나와 같은 일을 겪겠지. 마력을 얻은 사람 옆에서 미움을 받는 이가 생기면 그 사람도 저주를 받겠지. 저주를 받은 사람과 깊이 맺어진 이들도 큰 괴로움을 당하겠지. 나만 벗어나면 끝이라고 생각했는데, 아니었어. 나는 나만 생각했어. 이 저주는 끝없이 이어져. 내가 이 마력을 버린다고 해서 끝나지 않아. 도미노처럼 이어진 저주를 끊어야 해'

생각을 끝낸 소녀가 속삭였다.

"다른 사람이 아니라 바로 내가, 내가 끊겠어. 저주받은 도미노가 더는 쓰러지지 않게 하겠어."

벌떡 일어서더니 항아리를 들어서 물을 버렸다. 손끝에선 아직도 피가 몽글몽글 흘렀다.

소녀는 아무도 생각하지 않은 길을 골랐다. 이때까지 오랫동안 마법을 이어받은 마녀들 가운데 소녀와 같은 길을 고른 이는 없었다. 나도 잠깐 동안 소녀가 한 짓을 어떻게 받아들여야 할지 헷갈렸다. 소녀가 이대로 검은 마력이 이어지지 못하게 끊어버린다면……, 생각만 해도 끔찍했다. 그렇지만 이내 마음이 가라앉았다. 소녀가 소율에게 말하지 않았던가? 그 어떤 사람도 내내 착하게만 살 수는 없다고. 아무도 미워하지 않고 살 수는 없다고. 아무리 소녀가 마음을 잘 다스린다 해도 누군가는 미워하고, 어쩌다 보면 마력을 쓰게 되며, 그렇게 단 한 번만 무너지면 마력은 끊어지지 않는다. 검은 마력이 힘을 잃지 않고 쓰이기만 한다면 소녀가 죽는다 해도 마력은 끊어지지 않는다. 나는 느긋하게 기다리기로 했다. 딱 한 번, 딱 한 번만 제대로 쓰기를 바라면서……. 딱 한 번만 제대로 쓰면, 그 뒤는 물 밀 듯이 그 힘이 움직일 테니까. 그런데 일이 내 생각대로 흘러가지 않았다. 느긋한 마음으로 기다리는데 소녀가 엉뚱한 짓을 벌였다.

2학년 2학기 때였다. 1학년 2학기 때 만났던 홍종남 선생을 다시 만났다. 홍종남 선생은 1학년 때와 마찬가지로 애들을 괴롭혔다. 공부 못하는 애들은 사람으로 여기지 않았다. 그러던 어느 날, 도저히 참을 수 없는 짓을 홍종남 선생이 저질렀다.

교실에 들어온 홍종남 선생은 애들을 쭉 둘러봤다.

"반장!"

홍종남 선생이 반장을 불렀다.

반장이 일어섰다.

"웬 쓰레기가 교실에 이렇게 많아. 청소 안 했어?"

"선생님, 청소 깨끗이 했는데요."

반장이 일어나면서 바로 대꾸했다.

반장은 구석에라도 쓰레기가 있나 싶어서 교실 곳곳을 두리번거리며 살폈지만 쓰레기는 보이지 않았다.

"정말 제대로 치웠어?"

홍종남 선생이 책상을 탕탕 치며 말했다.

"네, 보세요. 깨끗하잖아요."

반장은 당당하게 말했다.

"그럼 의자에 앉아 있는 이 쓰레기들은 뭐야?"

홍종남 선생은 손에 든 지팡이로 공부 못하는 학생들을 가리키며 말했다.

"네?"

뜻밖에 말을 들은 반장은 어쩔 줄 몰랐다.

"안 들려? 이 쓰레기들은 쓰레기통에 안 버리고 왜 놔뒀냐고?"

반장은 꿀 먹은 벙어리가 될 수밖에 없다.

의자에 앉아 있다가 졸지에 쓰레기가 된 애들은 겉으로 말은 안 했지만 다들 속으로 욕을 퍼부었다. 소녀도 지팡이질을 당한 학생 가운데 한 명이라 열이 뻗쳤다. 검은 마력이 이때다 싶게 슬그머니 고개를 내밀었다. 오랫동안 가만히 있다가 일어나서 그런지 몰라도 검은 마력은 있는 힘껏 소녀 몸을 휘몰아쳐 다녔다. 소율을 만나기 전까지만 해도 이런 일이 생기면 소녀는 검은 마력을 다스리려고 온 마음을 다해서 내리 눌렀다. 미움에 휩싸여 생각하지도 않은 말이 튀어나갈까 봐 단 1초도 마음을 흐트러뜨리지 않으려고 했다. 그러다 아무도 모르는 곳으로 가서 검은 마력이 밖으로 쏟아지게 했다. 그런데 이때는 홍종남 선생으로 인해 일어난 검은 마력이 몸을 휘몰아치다 못해 밖으로 쏟아져 나가려고 하는데도 가만히 두었다. 움직일수록 힘이 커진 검은 마력은 소녀 머리 쪽이 아니라 두 손에 모였다. 두 손이 검붉다 못해 피물로 뒤범벅이 되려고 하자, 소녀는 두 손을 모아서 가슴 쪽으로 끌어당겼다. 그러고는 이렇게 중얼거렸다.

"홍종남 선생님이 학생을 성적이 아니라 사람됨으로 대하는 멋진 선생으로 바뀌게 해주세요."

소녀가 홍종남 선생에게 좋은 바람을 쏟아내도 검붉은 기운은 사라지지 않았다. 소녀는 두 손을 모은 채 잇따라 중얼거렸다.

"홍종남 선생님이 학생을 성적이 아니라 됨됨이로 대하게 해주세요."

"홍종남 선생님이 학생들을 사랑하는 선생님이 되도록 해주세요."

"홍종남 선생님이 학생들에게 듬뿍 사랑받는 선생님이 되도록 해주세요."

소녀는 한두 번도 아니고 끊임없이 그렇게 빌었다.

검은 마력은 일부러 생각해서 힘을 쓰면 제대로 저주를 내리지 못한다. 검은 마력은 노여움에 휩싸여 자신을 잃어버린 채 쏟아내야 이루어진다. 물론 소녀는 검은 마력을 마음대로 써서 무언가를 부수고 깨는 재주를 부리는 데까지 이르렀다. 그럴 때는 저주를 부리고 나면 따라오는 괴로움과 아픔도 없었다. 그렇지만 검은 마력을 제 뜻대로 좋은 쪽으로 움직이게 할 수는 없었다. 소녀와 같은 마녀라 해도 자신을 잃어버리지 않는 한 좋은 마력이 이루어지게 하지는 못하기 때문이다. 아니 자신을 잃어버리고 참마음을 다해 좋은 쪽으로 힘을 쓰려고 해도, 검은 마력은 제대로 힘을 쓰지 못한다. 검은 마력은 저주할 때 쓰는 힘이지, 착한 일에 쓰는 힘이 아니다.

따라서 검은 마력이 지닌 색깔을 바꾸려고 소녀가 아무리 애써 봐야 검은 마력은 그대로일 수밖에 없다. 처음엔 내 생각대로 소녀가 아무리 애써도 소녀가 바라는 바가 전혀 먹히지 않았다. 검은 마력은 소녀가 아무리 홍종남 선생이 좋게 바뀌길 바라는 마음을 쏟아내도 꿈쩍도 안했다. 그러나 가랑비에 옷이 젖듯이 홍종남 선생이 나쁜 짓을 할 때마다 소녀가 그렇게 참마음으로 비니, 검은 마력이 지닌 빛깔이 바뀌었다. 놀랍게도, 소녀가 그렇게 한 달여 동안 빌자, 그 못된 홍종남 선생이, 툭하면 애들을 성적으로 괴롭히고 사람으로 여기지도 않던 홍종남 선생이, 몰라보게 달라졌다. 달라져도 몰라볼 만큼 달라져서 애들이 처음엔 믿지 못하다가 나중에는 홍종남 선생을 좋아하는 애들이 수없이 많이 늘어났다. 소녀가 바라는 대로 정말 이루어지고 말았다.

좋은 힘은 홍종남 선생뿐 아니라 다른 이에게도 먹혀들었다. 수업 때마다 떠들고 장난치면서 수업이 제대로 되지 못하게 막는 정욱이란 남학생이 있었다. 정욱이는 여자애들에게 못된 장난도 많이 쳐서 여학생들이 모두 싫어했다. 소녀에게도 짓궂은 장난을 친 적도 있었다. 그럼에도 소녀는 정욱이에게 저주를 내리지 않고 좋은 쪽으로 바뀌기를 빌었다.

"정욱이가 다른 사람을 살피고 챙겨주는 사람이 되게 해주세요."

"정욱이가 남들과 잘 어울리며 지내는 사람이 되게 해주세요."

홍종남 선생과 마찬가지로 정욱이도 점점 바뀌더니 한두 달 뒤에는 몰라보게 착한 애가 되었다.

더 놀라운 일도 일어났다. 소녀가 좋은 쪽으로 검은 마력을 쓰자, 검은 마력을 쓰면 되돌아오는 힘도 좋은 쪽으로 움직였다. 소녀를 좋아하는 남학생들이 늘었으며, 선생님들도 소녀를 착한 학생이라며 매우 아끼고 챙겨주었다. 그때까지 있는 듯 없는 듯 지냈던 소녀였는데, 갑자기 학교에서 가장 멋지고 눈길을 많이 받는 여학생이 되었다.

나는 느긋하게 지켜보기로 한 마음을 고쳐먹었다. 살다 보면 언젠가 미움이 일고, 미움이 일면 검은 마력을 쓸 수밖에 없으리라 믿었는데 그 믿음이 깨져버렸다. 소녀는 미움이 일어나도 검은 마력을 부수거나 저주를 거는데 쓰지 않았다. 미움까지도 다스릴 줄 알게 되었다. 소녀는 마녀이되 마녀가 아니었다. 소녀 안에 깃든 마력은 검은 빛을 잃고 점점 맑은 빛깔을 띠었다. 검은 마력은 처음 태어날 때 빛깔을 잃어갔다.

더는 지켜만 볼 수는 없었다. 미끼를 던지고, 이런저런 걸림돌을 만들어서 소녀를 어둠으로 끌어들이는 짓은 더는 먹히지 않았다. 이제 소녀와 만나지 않고 소녀에게 힘을 미치기는 어렵다는 생각이 든다. 이제 내가 나서는 수밖에 없다. 이대로 검은 마력이 사라지는 꼴을 두고 볼 수는 없다.

나는 소녀를 지켜보던 자리에서 일어난다.

소녀를 만나러 움직인다.

내 앞에 소녀가 보인다.

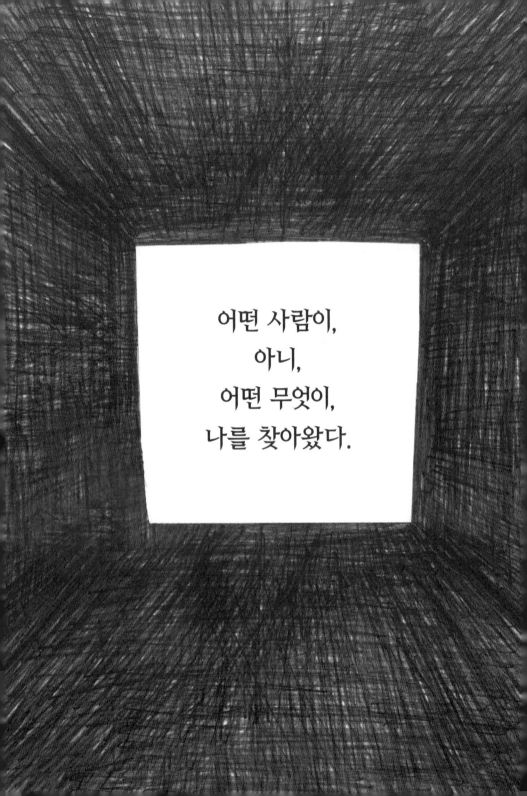

어떤 사람이,
아니,
어떤 무엇이,
나를 찾아왔다.

13
끝, 그리고 다시 처음

　때는 18살에서 막 19살이 된 겨울이었다. 따뜻한 방에 누워 코코를 안고 장난을 치다가 뭔지 모를 힘에 이끌려 코코를 데리고 밖으로 나왔다. 싸늘했지만 햇살은 따스했다. 코코는 나이가 많다. 사람 나이로 치면 100살은 넘었다. 어릴 때는 펄쩍펄쩍 뛰어다녔는데 얌전히 내 옆에 서서 발을 맞춰 걸었다. 안아주려고 했더니 걷고 싶단다. 아이들 놀이터를 지나 맨흙으로 꾸며놓은 길을 걸었다. 풀벌레들이 나를 반겼고, 나도 반갑게 말을 건넸다. 코코가 힘들어 해서 쉬기로 했다. 햇살 좋은 의자에 나란히 앉아서 따스함을 만끽했다. 따뜻함에 물들어 살짝 졸음이 몰려왔다. 나른함에 깜빡 졸았는지 깼는지 모를 그때, 잠과 깸이 뒤섞인 그때,

낯익은 듯 낯익지 않은,

낯선 듯 낯설지 않은,

겉은 사람이되 사람이라 부르기엔 어울리지 않은,

무어라 말하기 어려운 그런 사람이

나에게 다가왔다.

낯선 이는 사람이었다. 또한 사람이 아니었다. 남자인 듯 여자 같고, 여자인 듯 남자 같았다. 겉은 나와 비슷했지만 아무리 봐도 여기 사람 같지 않았다. 우리와 결이 다른 곳에서 온 사람처럼 보였다.

"같이 앉아도 되겠니?"

내가 뭐라 말하기도 전에 낯선 이는 코코 옆에 앉았다. 코코는 꾸벅꾸벅 졸며 깨어나지 않았다.

"너는 나를 모르지만 나는 너를 다 알아. 네 안에 깃든 노여움도, 네 안에 담긴 힘도, 동물과 말하는 네 재주도 다 알아. 네가 읽은 책을 너와 같이 읽었고, 네가 하는 생각도 모두 지켜봤어."

나는 꿈을 꾼다고 생각했다. 꿈이라고 생각하니 마음이 놓였다.

"당신은 … 신인가요? 그리고 여긴 꿈인가요?"

"내가~ 신? 하하하, 그렇게 볼 수도 있겠지만 나는 신이 아니야. 그저 너를 잘 알 뿐이야. 그리고 꿈이라고 생각하고 싶으면 그렇게 해."

"당신을 뭐라고 불러야 하죠?"

낯선 이는 대꾸는 하지 않고 책을 한 권 꺼냈다. 책 제목이 보였다.

"아토, 신이 된 소녀! 이 책 정말 재미있게 읽는데, 설마 당신이 이 책을 지었나요?"

"지었다기보다는 지켜보고 옮겨 적었다는 말이 알맞아. 내가 그 안에 깃든 힘을 너에게 주었어. 네가 지닌 마력은 나에게서 나왔어."

"마법사인가요?"

"자꾸 나를 네 잣대로 재려고 하지 마. 너는 내가 누구인지 알 수 없어."

묻지 않으려고 했지만 물음이 저절로 나왔다.

"그럼 제가 옛날에 저지른 잘못 때문에 저를 벌주러 오셨나요?"

내 저주 때문에 일어난 일이 새록새록 떠올랐다. 벌을 준다면 기꺼이 받으리라 마음먹었다.

"아냐, 아냐, 너는 그때 정말 잘했어. 내가 바라는 대로 잘했어."

뜻밖이었다.

"그때처럼 하면 정말 좋을 텐데, 그럼 내가 널 찾아올 일도 없었어. 요즘 네가 하는 짓 때문에 내가 골치가 아파. 넌 요즘 내가 준 힘을 엉뚱하게 써."

"왜 문제죠? 전 착한 일에 썼어요. 더는 이 힘이 다른 사람 삶을 망치지 못하게 하려고 애쓴단 말이에요."

내가 따졌다.

"나도 알아. 그리고 난 내가 준 힘이 착한 곳에 쓰이길 바라지 않아."

나는 코코를 얼른 끌어안았다. 그리고 일어선 뒤에 한 걸음 물러났다.

"설마 당신은… 악마?"

낯선 이는 빙그레 웃으며 오른손 둘째 손가락을 왼쪽 오른쪽으로 번갈아가며 흔들었다.

"내가 악마라니, 말도 안 돼. 나는 악마가 아니야. 나는 네가 지닌 힘을 만들어서 너에게 건네 준 사람이야. 내가 그 힘을 만들 때 그 힘을 너처럼 쓰게 할 생각이 없었어. 나는 미움이 만들어내는 일들을 지켜보고 싶었어. 나는 좋은 마무리를 바라지 않아. 미움과 미움이 얽혀서 일으키는 이야기를 지켜보길 좋아해. 사람은 노여워할 줄 알아야 해. 노여움은 사람을 사람답게 하지. 남을 미워하지도 않고, 노여움도 없는 사람만 사는 곳을 생각해 봐! 얼마나 지루하겠니? 그런 삶은 심심하고, 그런 이야기는 아무도 좋아하지 않지."

낯선 이는 의자에서 일어나더니 느릿느릿 걸었다.

"같이 걸을까? 악마는 아니니 지나치게 겁먹지는 말고."

나는 낯선 이를 따라 걸었다. 코코는 내 품에 안겨 새근새근 잠을 잤다.

"초등학교 4학년 때 네 아빠가 일터를 도시로 옮겼어."

"맞아요. 그랬죠."

"내가 옮겨주었어."

"네? 진짜요?"

"나는 거짓을 말하지 않아. 나는 늘 있는 그대로만 말해."

"왜 그런 일을?"

"네가 다니는 시골 학교는 좋은 애들만 많았어. 그런 곳에서 자라면 미움이 자라나지 않아. 미움이 없으면 네 마력이 피어나지 못하지."

도대체 낯선 이가 얼마나 많이 내 삶에 끼어들었는지 궁금했다.

"초등학교 6학년 때는 또다시 더 큰 도시로 옮겨 살도록 했어. 도시가 크면 클수록 사람들은 미움을 잘 키우지. 도시가 크면 클수록 마음 깊이 만나는 사람이 줄어들어. 참마음을 나누지 못하는 곳, 겉치레로 만나는 사람이 많은 곳에서는 미움이 무럭무럭 자라지. 노만길 선생도 일부러 너에게 내가 보냈어. 그때가 정말 재미

있었지."

낯선 이는 내 삶 모두에 끼어들었다. 그럼에도 그리 무서운 생각은 들지 않았다. 어쩌면 아주 옛날부터 나를 지켜보는 낯선 이를 느꼈는지도 모르겠다. 문득 은비 얼굴이 떠올랐다.

"은비가 저를 저버린 까닭도 당신 때문이겠네요."

"네가 노만길 선생에게 저주를 걸 때, 그때 검은 마력 한 줌을 일부러 은비에게 흘려보냈지. 은비는 그대로 두면 안 됐어. 마음씨가 곱고 착해서 너한테 나쁜 짓을 할 애로 보이지 않았기 때문이야. 자신이 당하면 당했지 너한테 못된 짓 할 애가 아니야. 내가 이 큰 도시로 너를 보낸 까닭은 못된 사람을 많이 만나서 미움을 무럭무럭 키우고, 마력을 마구잡이로 쓰게 하려는 뜻이었는데, 은비 같은 애를 만나서 착하게 지내면 안 되지."

발이 땅에서 떨어지는 듯했다. 둘레가 흐려지고 흰빛과 검은빛이 뒤섞여 흘렀다. 꿈이 아니라고 했지만 아무리 생각해도 꿈인 듯했다.

"너는 그러면 안 돼. 내 뜻을 어기면 안 돼. 나는 너에게 힘을 주었어. 그 힘을 엉뚱한 곳에 쓰면 안 돼. 넌 그 힘을 내가 쓰라고 만든 틀이 아니라 엉뚱한 쪽에 쓰고 있어. 어떻게 바꿔볼까 생각했지만 아무래도 너를 바꾸기는 어렵겠다는 생각이 들었지. 나는 너에게 이제 내 뜻대로 마력을 쓰기를 바라지 않아. 네가 어둠으로 돌아가리란 생각도 안 해. 나는 단 하나만 바랄 뿐이야. 너 안에 깃든 힘을 놔 줘. 다른 사람에게 옮겨가도록 둬. 보름달이 뜨면 소율이 알려준 대로 해."

내가 힘을 놓아주면 누군가 나와 같은 괴로움을 겪어야 하고, 은비와 같은 슬픔을 겪어야 한다. 그렇게 되게 나두고 싶지는 않았다. 당신이 힘을 처음 만들었는지는 몰라도 그 힘을 지닌 사람은 바로 나다.

"악마도 아니면서 왜 그 힘이 나쁜 쪽으로 쓰이길 바라죠? 그 힘이 옮겨가면 어떤 일이 벌어질지 알잖아요?"

"나는 이야기꾼이야. 노여움이 사라진 이야기는 재미없어. 재미없는 이야기는 읽히지 않아. 나는 읽히지 않는 이야기를 만들어내고 싶지 않아. 네가 착해지면서 내 이야기들이 죽어가. 이야기가 죽으면 이야기꾼은 살아가지 못해."

나는 이야기꾼이란 이가 하는 말이 무슨 뜻인지 알기 어려웠다. 그러나 이야기꾼이 시키는 대로 하지 않겠다는 마음만은 굳셌다.

"저는 당신 뜻대로 살지 않아요."

"나도 알아. 그래서 내가 왔지."

갑자기 검은빛과 흰빛이 사라지더니 아파트 앞 도로가 나타났다.

"이러고 싶지 않았는데……."

이야기꾼이 내 품에 안긴 코코 머리를 살짝 쓰다듬었다.

코코가 눈을 번쩍 뜨더니, 내 품에서 뛰어나갔다. 내가 코코를 불렀지만 코코는 뒤도 돌아보지 않고 도로로 뛰어들었고, 내가 어떻게 해볼 새도 없이, 차에 치였다.

피가…

피가…

도로에…

코코가 …

죽었다.

내 오랜 벗이자…

든든한 기둥이었던 코코가…

죽었다.

몸에서 불이 일었다. 은비를 노리던 세 치한을 봤을 때보다 더한 노여움이 내 안에서 들끓었다. 내 안에 깃들었던 모든 마력이 한꺼번에 치솟았다. 몸에 돌던 피도 심장으로 가지 않고 쏟아져 나갈 듯 치솟아 모조리 머리끝으로 몰렸다. 아무런 생각이 들지 않았다. 단지, 내 눈앞에서 코코를 죽인 저 이야기꾼이란 자를 죽이고 싶었다. 죽여 없애고 싶었다. 오로지 그 생각뿐이었다.

지 — 옥 — 불 — 에 — 타 — 죽 — 어 — 버 — 려 —

내 몸에 불이 일었다.

피가 불이 되어 타올랐다.

내 몸도 불타오르는 듯했다.

무지막지한 아픔이 몸 곳곳을 세포 하나까지 남김없이 찔러댔다.

그래도 아랑곳하지 않았다.

그저 저 이야기꾼을 죽이겠다는 생각뿐이었다.

그 한 생각을 과녁으로 해서 내 안에 깃든 모든 마력을 쏟아 부었다.

불길이 휘몰아쳐 이야기꾼을 덮쳤다.

모 — 조 — 리 — 태 — 워 — 죽 — 여 — 없 — 애 —

불길이 이야기꾼을 휘감았다.

그대로 죽여 없애기를 바랐다.

그, 러, 나,

내 저주는 이야기꾼을 손끝 하나 다치게 하지 못했다. 검은 마력은 불꽃을 일으키며 타올랐으나, 그저 스스로 타오를 뿐 그 안에 갇힌 이야기꾼은 싱글싱글 웃기만 했다. 불길을 뚫고 이야기꾼이 내뱉는 나긋나긋한 목소리가 들렸다. 마치 골이 난 꼬맹이를 달래는 엄마 목소리처럼 들렸다.

"그 힘은 내게서 왔어. 내게서 나온 힘이니 나에겐 아무런 힘을 미치지 못해."

나는 온 몸이 시커멓게 타올랐지만 이야기꾼은 머리카락 한 올도 그을리지 않았다.

"그래, 바로 그렇게 저주를 내려! 바로 그렇게 네 미움을 쏟아내! 너는 이제까지 내가 봐온 그 어떤 마녀보다 뛰어나. 그 어떤 마녀보다 검은 마력을 잘 다뤄. 그 힘을 놓치지 마. 너를 봐! 너를 느껴! 그 모습이 진짜 너야! 자, 아무도 이루지 못한, 아무도 딛고 올라서 본 적 없는 거룩한 마녀로 거듭나자. 이렇게만 한다면 나는 너에게 이 힘을 맡겨두겠어. 그렇게만 한다면."

이야기꾼은 내가 저주를 쏟아낼수록, 내 속이 불타오를수록 기뻐했다. 어쩌면 나는 그대로 이야기꾼이 바라는 대로 할 수도 있었다. 내 안에 갇혔던 미움이 용암처럼 터져 오르게 할 수도 있었다. 그때 코코 목소리가 들리지 않았다면 나는 이야기꾼이 바라는 대로 되고 말았다.

'나는 괜찮아. 어차피 살 만큼 살았어. 네가 바라는 삶을 살아. 이야기꾼이 바라는 삶을 살지 말고'

"코코!"

내 속에서 불타오르던 불길이 빠르게 가라앉았다. 이야기꾼을 감싸던 검붉은 불길도 하늘로 흩어졌다. 나는 더는 이야기꾼을 바라보지 않았다. 도로로 걸어가 죽은 코코를 가만히 보듬어 안았다. 코코가 흘린 피가 내 손을 적셨다. 내 눈에서 나온 피눈물이 코코 몸에 떨어졌다.

이야기꾼이 바싹 다가와서 속삭였다.

"나는 아무 때 아무 데든 네 옆에 있어. 네 친구들 사이에도 내가 있고, 네 가족들 사이에도 내가 있어."

코코를 안고 천천히 도로 밖으로 걸었다. 이야기꾼이 나를 따라왔다.

"이번엔 코코였지만, 다음엔 누가 될지 몰라. 네 친구 은비이거나, 네 엄마이거나, 아빠일 수도 있어. 그 누구든 네가 사랑하는 사람이면 모두 코코처럼 되게 해주겠어."

발걸음을 멈췄다. 끔찍한 말이지만 조금도 노엽지 않았다.

"당신이 바라는 대로 해요. 이야기가 그렇게 좋다면 그렇게 해요. 끔찍함이 그리도 즐겁다면 즐겨요. 내 힘을 가져가요. 더는 붙잡고 싶지도 않으니까."

어쩔 수 없었다.

저주가 이어지는 고리를 끊고 싶지만 끊을 수 없었다.

내가 모르는 누군가가 괴로움을 당하게 하고 싶지는 않지만, 내가 사랑하는 친구, 엄마, 아빠가 다치게 하고 싶지는 않았다.

보름달이 떴다.

항아리에 맑은 물을 담았다.

손을 그어 피를 낸 뒤 내 이름을 썼다.

내 안에 깃든 검은 마력은 구멍 난 풍선에서 바람이 빠지듯 사라졌다.

그 뒤로 나는 다시는 검은 마력을 쓰지 못한다.

그러나 내겐 풀벌레들과 말을 나누고, 새들과 이야기하고 길고, 양이와 수다를 떠는 힘은 사라지지 않고 남았다. 나쁜 사람을 혼내 줄 힘도, 나쁜 사람을 바꿀 힘도 잃어버렸지만 벌레와 새들과 길고양이와 이야기하며 사는 삶이 내겐 훨씬 기쁘다. 미운 사람을 마음껏 미워해도 되니 더 좋다. 미워하되 지나치지 않게 미워하고 만다. 미움이 이는데 안 미운 척 살기는 어렵다. 미울 땐 딱 미운 만큼만 미워하면 된다. 은비와 같이 한 방에서 뒹굴면서, 미운 애 흉보는 재미는 저주를 내릴 때보다 훨씬 쏠쏠하고 즐겁다.

미워하지 않고 살 수는 없다.

그러나 저주하지 않고 살 수는 있다.

저주는 미움에서 나왔지만 미움과 저주는 다르다.

이야기꾼은 그 뒤 딱 한 번 나타났다.

내가 고3이 되는 첫날이었다.

"고맙다는 말을 하려고 왔어. 네 이야기는 아주 재미있어서 많이 읽히고 있지. 이야기꾼은 재미있는 이야기를 먹고 살아. 너는 힘들었지만 너 덕분에 다른 누군가는 즐거웠으니 좋잖아? 그리고 코코는 어차피 몸에 병이 나서 얼마 뒤면 죽을 수밖에 없었어. 나를 미워하지 말라고.”

　이야기꾼이 말하지 않아도 나는 이야기꾼을 미워하지 않는다. 강아지 코코는 죽었지만 내 마음에 참된 친구로 꿋꿋하게 살아 숨 쉬기 때문이다.

　“그날, 네가 나한테 퍼부은 저주, 까딱했으면 내가 당할 뻔했어. 웃고는 있었지만 정말 깜짝 놀랐지. 조금만 더 네 힘이 커졌다면, 네가 조금만 더 힘을 냈다며, 네 저주에 내가 걸려들 뻔했지.”

　“아쉽긴 하네요. 보내 버릴 수 있었는데.”

　나는 피식 웃었다.

　“다 지난 일이지. 너 덕분에 나도 내가 만든 힘이 어떤지 더 잘 알게 됐어.”

　이야기꾼은 몸을 뒤적이더니 뭔가를 꺼냈다.

　“너에게 주는 선물이야.”

　내가 선물을 받아들자 이야기꾼은 안개처럼 흩어졌다.

　내 이야기가 담긴 책이다.

　이야기꾼이 쓴 내 이야기다.

　책 뒤편에 내가 쓴 글이 보인다.

　내가 쓴 글마저 가져다 책에 넣은 모양이다.

　책은 이렇게 끝난다.

이야기는 끝나지 않는다. 내 이야기는 다시 처음이다.

내가 죽는 그날까지 내 이야기는 멈추지 않는다.

슬픔으로 끝맺을지 기쁨으로 끝맺을지 아직 모른다.

이야기꾼이 말하듯 기쁨으로 끝나는 이야기는 재미가 없을까?

내 삶도 슬프게 끝날까?

죽음은 그저 슬픔일까?

오늘도 내 이야기는 끝없이 펼쳐진다.

책을 덮는다.

책 제목이 달빛을 받아 환하게 빛난다.

『우리 학교에 마녀가 있다』

정말, 나 말고 우리 학교에 또 다른 마녀가 있을까?

그 마녀는 누군가에게 어떤 저주를 걸까?

내 안에도 이야기꾼처럼 남이 겪는 아픔을 즐겁게 구경하려는 나쁜 마음이 일어난다.

씁쓸함이 피를 타고 흐른다.